當代詩大系 12

時間的痕跡

林仕榮 著

博客思出版社

自序

所有的過程，都是時間的痕跡

文／林仕榮

從詩二十四年，一直在文字中尋找生存的意義與證據，並企圖用詩意引導自己的生存方式。這是一種掙扎與奢望。但我一直這樣努力著。在文字中，我至少找到了一些時間，填補了我自身的間隙，並由此，將文字作為生命中的組成部份。

與生命共同存在的詩寫過程，一直持續著我個人的生活經驗與詩歌經驗。或有平淡，或有迂腐，也或有新意。詩歌與我，是經驗與感知的外露方式，在我的寫作與生活裡，一併保留了這種自知。

有一種將文字做長久保存的意願，由此讓我一再將詩文收編為集。這是我的第五部詩集，會有第六部，或有第十部乃至第一百部。我願意這樣堅持下去，因為這個過程，是我活著，並進行思考的證據。

詩集《時間的痕跡》，於二〇一五年八月十六日在漳州收到臺灣合約的回執，是為紀念日。《時間的痕跡》一集，尚未接受任何作者本人以外的批評與建議。分為五輯，共計一百七十首。

第一輯，為「林仕榮溯體詩」六十首，是我解讀中國古典詩詞的經驗。

第二輯和第三輯，是以東山澳角和漳州各地為主的景物詩寫專輯，有向臺灣介紹漳州人文的意圖；

第四輯，是我個人的詩歌經驗寫作，以「時間」和「烏鴉」為主要意象的創作部分。

第五輯，是對攝影作品或繪畫作品的理解所產生的詩性文字。

這些都是我個人的認知記錄，所有的過程，都是時間的痕跡。其中有些詩，或有讓人「看不懂」的地方。「看不懂」的詩，是想造成閱讀障礙，讓閱讀的速度都慢下來。詩歌分行，也就那麼幾行，如果被「一目十行」地閱讀——我自己不敢想像，時間之中所被浪費的部分，包含對生存證據的忽視。

二〇一五年八月二十九日

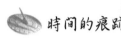

目錄

時間的痕跡

【第二輯】澳角歲月

【第三輯】如花般的旨意

【第四輯】鳥是隻斷翅的夢

【第五輯】果子在神的掌中

【後記】

河東的秋風

在這秋風的低處能聞到一種香味
隱隱的略略的輕輕的微微的
像河岸邊的一位長者
將一袖的英名拋到空中
又跌落進東去的逝水流年裡
化成那年楚歌的回聲

而這香味隨著風
隨著南飛的雁群隨著遠處蒼白的雲彩
繞過情韻悠悠的歌辭
也繞過故事裡佳人的髮髻

而今在這個秋季
風吹過　水流過
是誰的倒影不忍離去
也不願離去

——詩材取自〔西漢〕劉徹〈秋風辭〉

天欲曉

一再探望的星辰
終於在竭盡全力的一次努力後
不再閃耀了
大汗淋漓的女人推開窗戶
一縷微光中

她的淒美弱弱地發抖
像高潮後的餘韻
起伏在這黑白不分的世道上
愛情在此刻開始的呻吟

像一串串霜露
行將離去的臉上已是一行行的淚水
一滴滴地捧在手裡
竟滲漏了令人銷魂的青春日記：
天勿明，人勿醒！

——詩材取自〔西漢〕蘇武〈別詩〉

徐淑的空枕

我在一次病中錯過了你的約定
就像錯過了再早一些的緣分
你手執韁繩卻終究不能揮去今世的塵埃
往返的日子是一層層隨風而至的思念

人生的朝露在你一次次的別離中
來了又去，去了又來
而我的病因就是在你無望的歸期裡
一次一次，把空枕當作你的行囊

原諒我，以病的理由無法抵達你的夜晚
原諒我在你同樣寢食不安的時刻
拒絕情感的安慰
那麼，在你遙遠的征途
請收下唯一的祈盼
記取我這裡唯一的等候

——詩材取自〔東漢〕秦嘉〈贈婦詩〉

布衣撕碎的聲音

很早以前他就和宋朝同姓
這是東漢時期的事實
他僅存的信仰是命運把他捉弄之後
仍然堅持使用父親給定的名字

他在自己的名字裡寫下父輩們的遺願
為一個人字　他一而再再而三地
把身上的泥土彈了又彈
然後像寶貝一樣收集起來
在某個深夜，蘭花凋零時
他滿懷期望地種下月亮

而事實是他們從那裡經過並不在意
一個身著布衣的人怎樣在濃墨裡
揮灑滿腔的豪情只是議論著
他那身布衣撕碎的聲音是否押韻

——詩材取自〔東漢〕趙壹〈疾邪詩〉

一盞清酒

一盞清酒端座在東漢的某一個街口
她比酒更美
更容易讓人迷醉
他像匹酒足飯飽後的狼
想作案卻又不敢驚動她青春的枝頭

酒是否香甜已經不再重要
快意的人生只在於速度與激情
他不再耐心
不再耐心等待花期開放

而她正在酒中
正用吹氣如蘭的唇語低喚
愛人的名字
對於一匹自作多情的狼
她那宛若秋水的柔情澄明如鏡

——詩材取自〔東漢〕辛延年〈羽林郎〉

秋水裡的歌辭

是一場錯落有致的雨水
讓生命抵達了最後的岸邊
這個季節已延續了三千年的傳說

洛陽城還在秋雨中
秦皇漢武已經隨風而去
而今是誰
扯一方黃巾揚塵而來
縱橫捭闔叱吒風雲

一個銅雀台看穿了江山
一個華容道走完了人生
洛陽城還在身後
莊子的夢想還在前方
只是這一季無休無止的雨
究竟要下到哪一個彼岸

——詩材取自〔東漢〕曹操〈龜雖壽〉

傾聽蔡文姬的第八拍

漂流已久的命運
又是在哪個轉角開始了下一個飄流

河東的記憶是個傷口
胡笳偏偏在最疼的深處顫動
問天，是一朵朵比我還輕的浮雲
問地，是一處處比我還痛的傷痕
神啊
你迷路了嗎？

我是東漢末年迷路的胡楊
從東到西　從西到東
靈魂接二連三地喪失
以至於在這第八拍的音域裡
我無力寫下我生在何年
死在何月

——詩材取自〔東漢〕蔡琰〈胡笳十八拍．第八拍〉

天上人間的短歌

一把秋風吹過了洛陽城門
江楓漁火散落在驛道
雁已南飛
當歸的人在何處
想必是今夜的月光也照亮在他鄉

在這明晃晃的空寂
只有琴聲低低地嗚咽
來不及長歌曼吟
夜已深

人間如我深情
天上的仙橋為何也似這般冷酷無清
難道心靈的深處是神話的國度
那裡的人世也一樣是愁緒千百轉
就是轉不回你當年的容顏？

——詩材取自〔三國魏〕曹丕〈燕歌行〉

不曾相似的城市

多年以後站在這裡
面對這座城市的頹廢
我拿什麼送給你
我的兄弟

閣樓不再有佳人的窗紗
牆腳的青苔不再跌撞我們的童年
從前的田野回不到一聲蛙鳴
回不到二十年前你送我的一杯清酒
我拿什麼給你，我的兄弟？

當這看不見炊煙的城市像一塊破布
我們用什麼擦亮未來的景象
或許只有一顆未曾泯滅的良心
能在時空的最低處輕輕將街道打掃
輕輕收拾這些個破碎的心事

——詩材取自〔三國魏〕曹植〈送應氏〉

生活是在童年的時光裡

寫詩的時候常想起生活的殘酷
工作的時候常想起生活是如此的拮据
睡覺的時候常想起生命是如此的艱苦卓絕
人啊

後來我常想起童年的時光
儘管只剩下一些碎碎的片段
但我堅信我的童年是快樂和幸福的
我偶爾會有新衣裳會有零花錢
我記得那些兒時玩伴的名字
他們總是在遊戲的時候叫我的外號

現在我只和自己的妻兒老小過日子
算計著生活的費用和明天的收入
想呀回到童年多好
於是我再一次堅信生活是在童年的時光裡

——詩材取自〔西晉〕左思〈嬌女詩〉

去者

回望這塵世如網
一個窮字
隨世浪行一去十二載

罷罷罷
且就這草屋八九間土地十餘畝
偷偷地隱居
種幾棵柳樹遮蔭納涼
種幾棵桃李回味酸甜
養雞養狗聊解寂寞
寫詩作畫正好陶冶性情

生活其實並不困難
當幾年小官找個理由下崗
像作案後的狼回歸自然
豈不逍遙自在?!

——詩材取自〔東晉〕陶淵明〈歸園田居〉

東田裡一天到晚游泳的魚

先是從水的那邊
再到水的這邊
牠是水池中一天到晚游泳的魚
荷花未開牠已游過一灣清淺的初夏
落花剛剛跌下牠就游過了一個季節

這是從不記得經過哪裡的魚
牠從不迷路哪裡的水都是牠的家
如若是有小小的驚動
牠很快就能找到安靜的理由
這是魚，一天到晚游泳的魚啊魚

牠沒有用來回頭的頸椎
卻是在人情似水中遊刃有餘的魚啊魚
牠眉清目秀氣宇軒昂風流倜儻
一張網就是牠的金縷玉衣

——詩材取自︹南朝齊︺謝朓〈游東田〉

如花

今天是正月初七
算算離家已有二年了
遊子在鴻雁南歸的時候也該回家了
可我現在卻只能在這花前
想她

想她，想起家裡的她
想北齊的她為我織補北周的服裝鞋帽
想北周的她為我養育隋朝的兒女
想隋朝的她是否不再為我這樣的離人
流下淒別的淚

而我現在卻是在陳朝想她啊！
想她，就會想起家門口的桂樹
啊！花開花落
她也要像花了嗎？

——詩材取自〔隋〕薛道衡〈人日思歸〉

捧一把月光

捧一把月光
像撫摸砒霜顫抖的內心
風若有若無地輕著
像遠去的你
只有微濕了的信箋
冷寂地低唱著一首無聲的歌

於是　我的思念裡
又多了一份秋心
有如那輕輕的月光
鋪滿窗外的庭院

而月影正從斑駁的淩亂中
細細地開出花來
遠方的你
窗前是否也有今夜的桂花遍地

——詩材取自〔唐〕王續〈十五夜望月寄杜郎中〉

家鄉的氣味撲面而來

多年以來我哭過我笑過
為背井離鄉而哭為繼續生存而笑
家鄉在記憶裡已漸模糊
你帶著家鄉的氣味撲面而來
像筆跡未乾的家書
匆忙之間來不及閱讀來不及回味
我心已在那草垛花叢間放逐

放飛的人生是只風箏
我在這頭家在那頭中間是條思念的線
線軟軟綿綿攥在手裡太重
線結結實實飄在風中太輕

何處是我思念安置的地方啊
你尚未啟齒的鄉音
已收藏了我今生所有的言語

——詩材取自〔唐〕王績〈在京思故園見鄉人問〉

野望東皋

最初的唐朝也是帶著一點愁
愁裡總有故園的心思

我又將醉意拆成兩半
一半在唐詩的彼岸
一半在沉沉的暮靄中
是誰的筆跡深深淺淺
想把東皋崗上每棵春草記清

而時光的遺民
主語介詞正在作最後的填補
是誰的長鞭掠過黃昏
驚動了詩經的靈魂
隱約中還有一支牧歌悠揚
而我頭頂上空的蒼鷹啊
久久地　悄無聲息

——詩材取自〔唐〕王績〈野望〉

莊子擊缶

很多欲望望眼欲穿
很多無奈奈何不得
物質像吃過了的美食
道德像用舊了的衣服

莊子敲著缶不動聲色
他聽得出哭聲裡有幾分假唱
一些人在議論著天氣
順便談談莊子那個缶的質地
莊子不動聲色
他聽得出評論裡有幾分專業

莊子是在想要是自己死了
他們會不會哭為什麼哭
莊子可能還沒想明白
於是他一直敲著缶像敲著自己

——詩材取自〔唐〕王梵志〈造作莊田猶未已〉

王勃在岷江渡口

要走了嗎
走吧
千年的心痛千年的守候
也不過是一次次的離別

走吧
緊隨命運的行蹤
何必去猜度生活的軌道
通向哪個渡口

我的思念隨著你的足跡
開出一朵朵的春花
而這撒滿淚花的詩箋
在一個遙遠的夢裡將輕輕盛開
輕輕誦讀關於
我們風華正茂的傳說

——詩材取自〔唐〕王勃〈送杜少府之任蜀州〉

時間的真相

一朵桃花
二朵李花
哪一朵更像落花
年年歲歲花相似
歲歲年年人不同
哪一朵更像唐朝的落花

落花的悲歌已是古老的絕唱
花間的酒壺也已是陳年的墨跡

無可替代的
便是這亙古未變的一聲歎息
那麼　請點上一盞燭光吧
去照看一杯沙漏的流失
或者去冥想一條皺紋
是怎樣劃過青春的枝頭

——詩材取自〔唐〕劉希夷〈代悲白頭吟〉

孤立的詩意

大庾嶺到漢江只需一滴殘墨
漢江到洛陽只需一封家書
家鄉卻是一盞不敢挑亮的夜燈

春天像個月經不調的女人
在這個春夜
再添任意一個字一個詞
詩就會死去
而蒼老的時光會讓我
迷茫了回家的路

我是從明月當空的唐朝出發
像一匹作案後的馬
不敢在你的面前訴說一路的艱辛
因為我在唐詩裡
已無家可歸

——詩材取自〔唐〕宋之問〈渡漢江〉

黃金台

飄逸的衣襟中帶有異地的沙塵
蒼涼的邊塞鄉音何處？
夜長夢淺，是誰在刀口說出心裡的秘密
風輕吹，燈帳明滅
我一生的豪情在墨中被水沖淡
風餐露宿的年月只能化成一世的傷

千金已散去，我不在當年
看不見古人如何登上這樓臺
看不見以後有誰會像我一樣來到這裡

落日的餘暉壯烈得像我這心中的血
只是這一生的熱情無法通天而去
想這曾經聚滿天下賢才的樓臺
而今竟只剩下我的淚水打濕自己的身影
千金已散去，我不在當年

——詩材取自〔唐〕陳子昂〈登幽州台歌〉

春江花月夜

月與沙洲一樣蒼白的今夜
能不能挽一襲寂寞
細聽水聲流動的音符
暗香裡是誰的歎息
驚擾了若虛的一次仰望

明月無聲
默默引領著回家的路
只有這失語的江水
緩緩地流著遊子的夢

就像今夜
情深深的是一朵漸殘的春花
無情的卻是月亮蒼白的光
我們一覽無餘的青春
將在哪個年代安放

——詩材取自〔唐〕張若虛〈春江花月夜〉

唐朝的蝴蝶

一個纏綿的雨季
就這樣走過詩歌的平仄
一盞燭光的孤獨
就這樣走過一生的歎息

用風餐露宿的季節
走過唐詩的一個語詞
握不住的流年裡
還有撲面而來的你
我的窗臺已讓月色打開

握不住的月光留不住的美夢
這許許多多的糾纏不清的
有如蝴蝶般的思念
究竟是你還是我
用盡了一生的呼吸

——詩材取自〔唐〕張九齡〈望月懷遠〉

海燕與鷹

悄無聲息的還有
一生只想在天空裡飛翔的海燕

這永不停歇的海燕啊
它總是比張九齡的筆端更低
也比我的詩更輕
輕得鷹隼只須一展翅
它就飄到了蒼茫無助的海上

是的　這也是一個感恩的春天
但這個春天
比我的春天來得更早了一些
所以這個季節還很輕
輕得像海燕一樣無聲無息
輕得承受不起一把秋扇白色的晃動
落葉就飄蕩在了我的眼前

——詩材取自〔唐〕張九齡〈詠燕〉

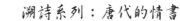

登鸛雀樓看海

時光的角落裡
唐朝的餘暉就像我的詩句
起伏在我路過的山頭
也在一次迴光返照間
投射成我薄如身影的一生

與歲月一樣發黃的是王之渙夢遺的筆跡
或許不肯停歇的隨波逐流
只是為了聽見遠方那海的聲音

而我要抵達的春天
還在稍高一點的某個枝頭
如果你願意和我一起重回鸛雀樓
你將會看到是誰披著邊塞的星光
從明月升起的地方
為你踏出一朵朵浪花

——詩材取自〔唐〕王之渙〈登鸛雀樓〉

唐朝的女子

一條江水好長好長
只能彎彎曲曲地流淌
她的辮子好長好長
只能彎彎曲曲地纏著

喂，你住哪的呀，我住在橫塘
停一下子嘛說說話，我們可能是老鄉呀

她說話的氣勢像江水一湧而上
等不到看見他的臉紅不紅
她說的話也像江水絕不回頭
顧不得你理不理我
這是唐朝的女子
秦淮河的風情就如這順水而下的笑聲
一瀉千里
流進歷史，也流進他一生的美夢裡

——詩材取自〔唐〕崔顥〈長干行〉

王維的手勢

我們沒有選擇的餘地
只有等待，等待一個晴雨未知的季節

當明月不再西殘
當春水不再東流
當所有的塵埃
在一本詩集裡落定成一朵閑雲
落定成終南山的輞川別墅
便會有一片淨土
在人間的煙火中若隱若現

此時的王維正用那無牽無掛的手勢
揮灑著昨日無拘無束的散淡
而我等待中的青苔
卻悄悄地
走過了一個雨季

——詩材取自〔唐〕王維〈終南別業〉

春曉

春天的清晨
一席夢囈
讓我醒在了久別的婉約中
深處有個人
聽著鳥語

我不知道
是春天的花還是春天的雨
讓一場風吹到了唐朝

昨夜有風雨聲
向南而來
這個略帶濕潤的季節
又有誰知道
我們的青春和這個春天
有著多少的相似

——詩材取自〔唐〕孟浩然〈春曉〉

靜夜思

唐朝的月光下誰在獨酌
醉了是否就著一張床
把月光當作了故鄉

門前有幾根木棍捆綁的井架
其實井架之下
就埋藏著我的故鄉
清涼透澈溫暖如春正好解酒

而在醉意裡
被你潑灑了一地的月光
在今夜長滿了霜花
冷冷的像你熟悉的背影
月光啊　你在哪
我為什總是
握不住你的鄉愁

——詩材取自〔唐〕李白〈靜夜思〉

他是誰

芙蓉湖輕輕地蕩漾著唐朝的時光
遠一點的是淡淡發愁的山巒
稍近的地方故事埋在雪中
水面的微風靜靜地吹著
一盞殘燈不滅的心事
漂流的夜無心睡眠

雪夜裡的雪靜靜地發白
像我抵達之前那些一無所知的過去

他或許是剛從江湖歸來的浪子
他或許是一個迷途的過客
簡陋的柴門未能識別他是誰
就已經埋進了那年的雪中
如今想必那人和我一樣已走出了
那座山那面水

——詩材取自〔唐〕劉長卿〈逢雪宿芙蓉山主人〉

筆墨伺候

喚一聲筆墨伺候
你就將自己的一生潑進了這一紙空白
之後你就是自己筆下的風景

我是你風景裡的一處淡墨
像是隱藏的一滴眼淚
只在落款處聆聽你輕微的歎息

再喚一聲筆墨伺候
蹄聲應和
當年的豪情一覽無餘
而今是誰在你筆力穿透的傷口
把記憶當作一次回鋒
偏偏勾住了你深埋在心中的痛
我也喊一聲筆墨伺候
讓丹青覆蓋你我相同的前世今生

——詩材取自〔唐〕杜甫〈丹青引贈曹將軍霸〉

雪或者梨花

雪在這裡一下
家鄉的梨花就開了
她的眼神藏在梨花深處

在破城子的雪之上是凝固的天空
天空之中是轉不動的愁緒
一杯酒在手中漸冷

破城子很破沒有梨花沒有春風
你要去的地方比天山高遠
比梨花溫暖比我暗懷的心事
更接近酒更接近喜悅和悲傷
那麼走吧
不論是冷得要命的雪要把我活埋
還是溫暖如春的梨花要把你活埋
走吧，酒裡有你命運的去向

——詩材取自〔唐〕岑參〈白雪歌送武判官歸京〉

唐代的情書

窗外是一個失散了多年的春天
窗內是一幅破鏡重圓景象
這是一個寒食節的淩晨
鐘聲悠揚地唱響了一封久遠的情書

兩岸的垂柳
怎能掩藏深深的春意
輕煙深處的更漏啊
一聲聲
打在了誰的心房

無需訴說了
再點一盞花燭吧
燭光投影
仍只見你
含笑明鏡中

——詩材取自〔唐〕韓翃〈寒食〉

錢起的靜穆

一竿青色的記憶
撐起南方這個雨季的一片漣漪
是誰的琴聲滿山遍野
也把我腳下這千山萬水喚綠

遠處的流水
泛起了一彎清淺的月色
依稀中看得見風走過的痕跡
哦　那就是你走過的路

不是嗎
兩岸靜穆的青山
正隨著你遠去的歌聲
延綿起伏在今夜的眺望裡
琴停了　歌也停了
這青色的夢是否也醒了

——詩材取自〔唐〕錢起〈省試湘靈鼓瑟〉

在溧陽讀〈遊子吟〉

是誰為我披上了征衣
是誰伴我一生的冷暖

昨夜的淚光是你手中
憂傷的線
千絲萬縷的無眠之夜
是你傳遞了一生的溫暖

沉重的詩行裡
字字都是我無言的感恩
隨身如衣的思念已走過了半生
你生銹了的一針一線
在萬水千山的旅途裡
將縫合多少傷口
又將織補多少
陰晴圓缺

——詩材取自〔唐〕孟郊〈遊子吟〉

薛濤的後花園

愛或不愛
花兒依舊從枝頭飄落
春風裡總有一種味道叫做傷心
從這個季節到下個季節
花期總是如約讓你的心隱痛

愛或深愛
花兒掉在誰的日記裡
日復一日　年復一年
花瓣帶著雨露
卻總是讓你的眼眶乾涸

那麼　荷一把春天的鋤頭
壟一首唐詩　捧一把春泥
細數青春的回憶
有幾行

——詩材取自〔唐〕薛濤〈牡丹〉

遇見一位節婦

開門見山的清晨
雨季剛好路過
淅瀝聲中
一位女子撐一傘春意
低著眉輕輕地說
恨不相逢未嫁時

落花從此有意年年落
流水從此無情時時流

只有這山
閑看花落與水流
就像這筆跡
任由一生的愛恨情仇
風乾了
千年的歲月

——詩材取自〔唐〕張藉〈節婦吟〉

王建在月光下

捧一把月光
像撫摸砒霜顫抖的內心
風若有若無地輕著
像遠去的你
只有微濕了的信箋
冷寂地低唱著一首無聲的歌

於是　我的思念裡
又多了一份秋心
有如那輕輕的月光
鋪滿窗外的庭院

而月影正從斑駁的淩亂中
細細地開出花來
遠方的你
窗前是否也有今夜的桂花遍地

——詩材取自〔唐〕王建〈十五夜望月寄杜郎中〉

經烏衣巷到石頭城

烏衣巷的陽光細細斜斜
野花有點曖昧
輕易讓人想起河邊那位浣衣的女子
有隻燕子從巷口飛出
像唐朝劉禹錫的一次隨筆

往前走就是後庭石頭般堅硬的廢墟
一座從秦淮流出的傷痛

不要問是誰來過
也不用問有誰來過
這深深的巷子這亂葬墳一樣的城池
早已空無一人
只有唐詩裡依舊垂吊著那輪明月
還有那一壺生銹了的秦淮水
還滴漏著春的消息

——詩材取自〔唐〕劉禹錫〈金陵五題〉

關盼盼

關盼盼不胖
她瘦掉的部分已悄悄遠去
她曾經住過的燕子樓
是一盞孤燈的背影
有霜也有月
但今夜更冷的是褪了色的胭脂

十年香銷
已是紅袖一夢
夜夜燈殘更漏
只有相思撒滿了一地

是啊　相思一地
相思是那北邙山上的一棵棵荒草
是那棵孤獨的白楊
靜靜等待的春風

——詩材取自〔唐〕白居易〈燕子樓〉

我用一紙柔情換來千年的痛

江湖有多深
何處是家鄉
飄泊的人
哪一個是我依靠的肩膀

今夜的琴聲動盪
就怕你一生上不了岸

江湖的水呀深深淺淺
像一彎憂傷的月光
你身懷今世的怨恨
我用一紙柔情換來千年的痛
天涯有多遠
你我相逢
何用再重頭來過
何用琵琶挑弄這世間如水似冰的命運

——詩材取自〔唐〕白居易〈琵琶行‧並序〉

我是你千年前放生的魚

一幅山水封存千年的墨跡
一如你在江邊不變的姿勢

我是你千年前放生的魚
永世在你的筆墨裡遊弋
前塵往事冰冷你的蓑衣
誰還在你的故事裡嗚咽

孤獨何止你一個或是浪漫的隱逸
當你拋下生命的絲線
要勾起多少的回憶
蒼茫的天地之間我是你唯一的魚
而你偏偏不願提起
放卻一生的江湖
太多的牽掛其實是多餘
於是一行筆跡之後你一生不再言語

——詩材取自〔唐〕柳宗元〈江雪〉

聽不見的天上謠

就算夢醒了雨停了
仍然仍然會有走漏的消息
讓謠言依然不絕於耳

在我的詩集裡
你已找不到我的名字
不是我離開這個城市了
也不是我化成了春天的泥土
而是在你轉身的那一瞬間
你的美
消蝕了我的意志

我打不開那扇向南的窗子
甚至無力睜開眼睛
重視這病灶上
最後一個春天的訪問

——詩材取自〔唐〕李賀〈天上謠〉

鴛鴦蝴蝶夢

崔玨錯了
一開始就錯了
以後還會錯下去

雨在下一個季節
就已漫過了今年的春塘
青春期的鴛鴦
仍然在唐詩裡時分時合
而一次未老頭先白的約定
卻讓蝴蝶和鴛鴦
彼此守望了一生

蝴蝶慢慢地飛過唐朝的村莊
攪動了一池的春水
夢境早已被雨聲掩蓋
消失於詩人一次次的臨摹

——詩材取自〔唐〕崔玨〈和友人鴛鴦之什〉

揚州一夢

你在哪裡
在二十四橋的蕭聲裡
在貼滿竹影的碧紗窗裡
還是在二月的柳梢裡

我向記憶的深處
傳播一條尋人啟事
你在哪裡
記憶的河邊
有你的一傘春意和縷縷柔情

曉寒深處　紅袖暗香
十年的揚州
也只是白頭一夢
而我的一生
卻要用酒精隨時稀釋

——詩材取自〔唐〕杜牧〈贈別〉

江南春酒

紅花綠葉相襯的江南
酒正醇香
一聲鶯叫傳出了千里

那時我們正當少年
佛光普照的典籍裡到處是剩餘的時間
我們在美酒的中心地帶
用詩傳唱千年的頌辭

而江南的酒每一杯都是傷口
那些讓人生疼的佛門淨地
花非花，霧非霧
樓臺也不是那樓臺
酒卻還是那酒
一樣在每顆不安的心裡醉著
一樣在風雨飄搖的角落醞釀歷史的滄桑

——詩材取自〔唐〕杜牧〈江南春〉

聽錦瑟的冥想

像一棵千年前的槿花
在我清淺的詩集裡
朝花夕拾
一場依然無法抵達的往事
仍在糾結
低怨的瑟音靜靜
躺在宣紙斯文的句子裡

纏繞夜月的夢蝶
不如歸去
或者就停在我最高的枝頭
變本加厲地揮霍我的青春

春天的深處
有一種傷可以將青春虜獲
有一種痛可以將自己釋放

——詩材取自〔唐〕李商隱〈錦瑟〉

陝西・聖女祠

而你卻用整個季節讓我遲疑
這一次我將用盡所有力氣
等待一次盛開

整個春天的雨
不緊不慢地濕潤我的眼眶
風也從不停止對一旗夢想的召喚
在鮮苔和綠意的凝望中
我靜守著　靜守著

而你卻像一個仙女
在近水處　在遠山中
成了我詩集中的一次筆誤
是的　一次筆誤就已讓我傷風
已讓我的凝望
成為終身不癒的殘疾

——詩材取自〔唐〕李商隱〈重過聖女祠〉

一生的山路

茅店的月色在昨天的落葉間泛著微光
今天的板橋有明日的殘霜
山路在更遠的時候有人走過
他去往何處
我聽不懂那一聲雞鳴

一個人的夢想隨著山路起伏彎曲
而路總是在前方家也在前方
命運中未知的考題
像是旅館那面空白的牆

誰能知道風雨會留下什麼樣的痕跡
一路前行的艱難險阻
是不是預示著今生的錯誤？
那滿塘的歸雁又怎會終將離去？
而我一生夢想的家又在何處？

——詩材取自〔唐〕溫庭筠〈商山早行〉

春天的夢中

路過唐朝
就是沒遇見傳說中的杜鵑
倒是在昨晚的花園
遇見躺在春夢裡的崔塗

月光淡淡　流水潺潺
故園的小橋邊
是誰的低語
撩動起了他的白髮

多少年啊　是誰每每對著鏡子
總是把深深淺淺的皺紋
看作是家鄉的歸路
是不忍歸去　還是家已在他鄉
寧靜而又寂寞的書房裡　仍只見
畫裡的春天　一如春天的夢

——詩材取自〔唐〕崔塗〈春夕旅懷〉

張泌的春天

有一位女孩她曾經來過
記憶的河邊晃動著無邊的風月
從此月色浸染了我的一生

失眠的每個夜裡
總是無盡的長廊和落花
把我引向當年的河流

可是你在哪呀
在迴廊的盡頭
還是在落花的殘紅裡
說不盡道不完的濃情蜜意
即使是月光如燭
依然不見你
在我的春夢中
回眸一瞥

——詩材取自〔唐〕張泌〈寄人〉

雲卷雲舒或者花開花落

做個平庸的人，做個安靜的人
有所為時掃掃地修修花草
有所不為時聽聽風聲睡睡覺
雲卷起時收收衣服，雲舒時曬曬太陽
花開了寫寫詩，花落了想想春天

日子就在這樣的心境下不斷複製
一個年代又一個年代
就像春夏秋冬的陰晴圓缺換一場
風花雪月的回憶

如果有一天我也終將離去
雲還是那雲
花還是那花
誰又是那個甘願在春日裡
低頭修剪花草抬頭看雲的人

——詩材取自〔北宋〕李昉〈禁林春直〉

雪中紅

千年前的暗香在一句詩裡藏匿
若隱若現，似有似無
而心靈的深處卻有一處未加掩蓋的痕跡
因為愛情

是的，因為愛情
你的一生棲在了孤山中那樹雪梅
你的筆墨裡醮滿了二十年山野的氣味
你疏放的線條錯落有致
一如你愛人嬌嬈多姿的體態
你捨不得用力捅破歷史的真相
卻總是在大汗淋漓之後
把紅豔豔的花兒一次次地弄疼
千年後我已和你一樣地癡迷這柔弱的嬌豔
因為那也是我生命中的雪中紅

——詩材取自〔北宋〕林逋〈梅花〉

一張紙在雪水裡漸漸化朧

誰能踏雪無痕
輕得可以飛的鳥也會留下經過的印記
誰能平白無辜
純潔得要命的紙也要泛黃地死去

這是我塗滿痕跡的人間
一張紙白得就像是一場雪
我在上面塗寫我的人生以及關於你的一切
深深淺淺的痕跡像鳥兒曾經來過

雪的內部隱藏著一些消息
那是要引領我去往別處的暗示
鳥兒在樹梢歌唱最後還是飛走了
我給了自己一個嚮往人間的理由
然後我在春天的深處
看著自己像一張紙在雪水裡漸漸化朧

——詩材取自〔北宋〕蘇軾〈和子由澠池懷舊〉

春天裡

落花有意流水無情
天漢橋的春天依然是去年的景色
人漸老去而時光依舊悲傷

有一滴淚淌進春水
一池的春水就有了傷心的理由
心傷了那橋下的水就綠了
一圈圈畫著圓滿的記號
你就在那年把我埋在春天裡

而今我們都將老去
橋下的流水有一天也終將老去
我們一再回首的過往也終將老去
我們無能為力的悲傷和美好都終將老去
只有這春天將把這一生
徒留在當年你我曾一起走過的時光

——詩材取自〔南宋〕范成大〈州橋〉

夏夜讀楊萬里〈小池〉

在夏夜
借一首詩納涼
是愜意的

泉水無聲無息
緩緩流過宋朝的荷塘
石湖楊家的雙槳
不忍驚動一池的畫意
只讓那還帶羞澀的荷尖
棲息一池的詩意

夢在深水之處輕歎
時光啊
何時能返照今夜
何時能讓我的筆尖再遊弋
八百年

——詩材取自﹝南宋﹞楊萬里〈小池〉

清客

隆重的雪正在進行中
雪們揚揚灑灑
像情人揮霍的青春

垂虹橋頭的柳樹還沒綠
我的船兒正沉浸在一首古詩的暖昧裡
水的深處有些昨夜尚未擱淺的孤獨
你的笑容卻像是桃花初開
讓一船的簫聲忘記了啟程的理由
試問有誰的江山似這般柔情微漾

我是寄生於江湖的過客
像一瓢清水
只存在於你的寬容中
而你的寬容卻總在我的墨硯深處
隱隱作痛

——詩材取自〔南宋〕薑夔〈過垂虹〉

那時還是春天

鏡子裡的人在笑
笑的那個人在隋朝的某個角落
那裡有些音樂沒能關住
從古籍的間隙流出來
淌在柳暗花明的舊堤
一把心事　就此淪落民間

街上的酒樓比花草更多了一些
這是民間的一場盛事
義無反顧的歷史在某個花店轉角
停頓了一下　就一下
時間從西元算起

那年我剛剛出生　不諳世事
只依稀記得有烏鴉從屋頂飛過
那時還是春天

——詩材取自〔明〕曾子啟〈維揚懷古〉

輕輕的白色

時光遠道而來
打在牆上
不輕不重的風正好吹過
一頁又一頁的真相
瞬間被翻閱

牆很安靜也很認真
沒能理會貼在身上的灰塵
一個身影更安靜更認真
卻有些凝眼

時光繼續打在牆上
不斷地掉下碎了一地
那個身影終於走了
牆還是那麼的白
白得像石灰隱瞞的身世

——詩材取自〔明〕於謙〈石灰吟〉

在遠方

一滴水的心事不忍落下
那是在秋天的枝頭
秋天適合想念
枝頭更適合懸掛孤獨的眼淚

孤獨是一筆隱藏的墨跡
不在字裡行間
是細若游絲欲斷不斷的牽掛中
那些深深淺淺似有若無的歎息

把怨埋在了那個深秋
落葉遍地每一片都是想念的日子
把心葬在了掌紋
手心的餘溫又是你昨夜的心跳
而今又是誰
在一滴水的深處把你的遠影照見

——詩材取自〔明〕丘濬〈秋思〉

風中的石頭（一）

——致東山以及那塊石頭

一、

南天門破的時候女媧死了　那年
上帝死在鏈條的第七個喉結
東山的海正在分娩
陸地的第一塊石頭砸中了精衛的
頭顱

魚群是這陸地最初的孩子
所有的波濤裡都能聽見人類最初的乳名
你　就站在岸邊
有史以來所有的動作
挽救不了千山萬水的輪迴

當星光寂靜為你遺棄的影子
你停止了思想
就著風雨的一次次感恩
欲墜不墜　欲走還留的神情

把海　守望成我身體中暗流的血液

二、

靜默中你無言無語　這被天女
遺忘的石子　於風聲中
聆聽了萬年的號角
終於在一滴雨水的深處
把等待　停歇在愛人的肩頭

而水的深處正春暖花開
潮汐起伏　一朵蓮開在暗處
風聲之中可以聽見木麻黃正在發育
一滴淚　也正在把相思澆灌
面向大海　我正站在你的腳下

沿著你堅硬的冷靜
我分辨出日夜和星辰
千百年的風吹日曬　你隔離了滄海與桑田
只獨坐成我神經末稍裡思念的炎症
痛　並揪著乳臭未乾的童年

三、

無法取代的過往　只能在殘存的紙張裡翻動
下一頁　抵達你早已失憶的片斷
閱讀的時光裡　有海鳥的影子
它們穿過天女白色的衣袂
停在你粗糙的膚質　親吻　並說出一個字

愛　有如陽光對著陸地的耳語
輕柔並且溫暖　你無語
所有的心事已被誦讀　你無語
當所有的苦難連同所有的智慧
植入你的內心　你依然無語

風聲在魚群之中尋找你原始的胎盤
漁帆在海天一色的時刻喚起你的名字
東山　一個堅實的命名圈養了大地的乳汁
銅山　這重複打磨的姓氏
金屬的屬性　正在重塑經典

風中的石頭（二）——致東山以及那塊石頭

一、

親自把眼光投放到你粗糙的質面
需要細膩和緩慢　依然的靜默
你獨立了自身的品質
那些被風拉出的鹽　是陽光之下
夜空澄明時的星點

無語是時間深處的一次喘息
你拒絕了生長　在我的眼光中
孕育著紅　黃和藍
它們將在下個時辰裡放出芬芳
放出你凝視多年的墨香

也是在下一個時辰
在粗糙的內部　那些靈魂
會在花朵的私語中回歸
上帝的糖　溫軟　癡纏　而我

將趺坐在你堅實的懷抱

二、

在我抵達的前夜
你拒絕了一次會晤
黑暗洗掉了你身上所有殘餘的眼光
而最東邊的烏鴉　在上個時辰
啄瞎了蝴蝶的眼睛

置身於何種質地
時光依舊　哪怕童年的歌聲
跌落成一朵朵頹敗的浪花
先於我到達的過往
正在風聲邊緣　與你耳鬢廝磨

那麼在你靜默的守望裡
就多了些癡纏　或許
晨曦光顧之後會有更多的時光
用來懶散　用來揮霍
青春在你的腳下　一站成影

三、

細節是葉尖垂掛的一個語詞
即將風乾　來不及仰望的幸福
此刻開始晃動　這符合了暗示
符合了傳說已久的風聲
而與質地無關的比喻　恰如其分

一場蓄謀已久的愛情
重疊成痛苦的光輝
等待一滴雨水
不如讓沉默生髮出牙齒
啃噬這年久失修的滄海與桑田

再次進入你這粗糙的內部
一粒鹽和一陣咸澀海風的交媾
滋養了前生的風花雪月
可風中的石頭　一往無前地
靜等今生　與你的漁舟唱晚

風中的石頭（三）——致東山以及那塊石頭

一、

側面與事實的距離在渾圓之中
接近粗糙的本質
這和一次撫摸有關　也和海有關
所能接觸的事實
鐫刻在石質的深處

女媧拒絕了一次受孕
也拒絕了回歸肉體　拒絕留守
渾圓的表象具備了失貞的可能
海一直保有這個企圖
鳥織著天網　蓄勢以待

第七個喉結開始發炎
上帝的雪還在遠方
等待　成了歲月最初的痛
風聲裡有鳥的影子

木麻黃拉起的浪　劈頭蓋臉

二、

清晨是東山與銅山前世的暗語
陽光和海水
更有著不為人知的密謀
時光參雜其中
痛苦是正在分娩的鹽

花開在明處　蝴蝶羞於人世
躲閃或者搖曳　像情人的遊戲規則
只是在堅實的內部需要重心
需要城垛合攏的渾圓　是的
渾圓般　賦予一顆石頭永恆的生命

相思回歸到自身
開幾朵淡黃色的情緒
空中暖昧的氣味
緩慢得像一次心跳
像一次靜候　在多年後醒來

三、

有些事實已經失約
石頭掏空了內心　風也已經無力
對另一座島嶼而言
空洞的內心與內心的空洞一樣
飽含熱淚　只說　是去年的今天

粗糙和細膩
都是一顆石頭的本質
審判　懸而未決
木棧道彎曲　蝶影飄浮不定
質詢一次命名的本意

最後的言語在觸摸中遲疑
海的側面
魚群的吶喊堆滿沙灘
影子在暗中徘徊
念叨著一個人的名字

風中的石頭（四）——致東山〈石緣〉藏石館那顆石頭

一、

基於對時間的信任，鹽
終究穿透了本質
與蝴蝶形影相隨的風，抖落星辰
只在細小的人間，擱淺
並記住了一顆沙最初的痕跡

夜，與前世沒有區別
光陰徐徐，照遍塵世與幻境
我處於一顆億萬年前的夢想中心
從海的眺望中，窺見一條渴死的魚
海就此成了一陣風聲的質疑

風中的輕聲細語，是那些隱匿的浪濤
它們在更為盛大的仰望中
曠日持久地保持一個姿勢
並用粗糙得心碎的愛意把世間敘述

說那個人，在對面的岩洞，閱讀我的詩篇

二、

而事實是鹽已被海水沖淡
已經無法醃製魚群的突圍與叛逆
在最為驚心動魄的夜，分娩出女媧
分娩出山川大地，五穀雜糧
以及我，暴露無遺的隱痛

生活也因此成為附屬的部分
器具鋒芒畢露，指向更深的內疚
一場雨，多餘地成為蝴蝶的心事
愛情是必須提到的字眼
像刻在石頭身上的名字一樣殘忍

我在它的邊緣，撫慰自己的一生
慶幸遙不可及的故事
在今夜成為書櫃上的一抹餘光
像我打開的書籍，尚未署名
尚未離開人世的一次際遇

三、

也是基於對事實的承認和寬容
從一朵遲到的花，到一朵乾涸的雨滴
中間的宿命在圓滑與木訥之間徘徊
我所要訴諸的文字
正好和星光一樣，從容而淡定

接受夜的曖昧與接受愛情的虧欠
都緣自光陰的庇護
搖搖欲墜與堅若石磐的信仰
只在一次眺望中，就可看見人生
看見海與岸，無休無止的相濡以沫

我是逃往異鄉的過客
或且孤獨裡有鹽的光輝照耀
擱淺的鱗片
總是在比夜更晚的時分
熠熠生輝

澳角的海

風，從臉上拂過
把鹽溶解，海，再大也要靠岸
澳角圈養著一灣柔情
似水也像酒

澳角的村道擺放著魚，那是海的眷顧
孩子嬉戲著莫名的遊戲
一個老人，穿著魚線
懷想著年輕的船長

這是一個地名，在海的岸邊
把歌謠唱了再唱
唱到月亮照亮這個村莊的美夢

夢是海浪起伏中的漁燈
搖晃著
是童年的梭子穿透月光的內心

再次把路燈看成某人夜歸的身影
把海抱進魚網，也就把生活
抱進了浸泡中生生不息的日夜
再次說起那年的心事
一杯酒已在清風明月中醉成
脫口而出的愛情

澳角的夜

再次說起澳角，是在夜晚
魚的腥味再次被寬容的心過濾
水的一方，是待解脫的野性
海岸的沙粒，打磨著一個個往事

說去年的某夜，澳角正在分娩
血的氣味漫過了魚的身軀
一張漁網籠罩了月
也籠罩了莫名的竅喜

而魚正在向南靠攏
水的手，潛伏在船沿
隨時就可打撈起一枚發育中的燈光
那時，正是海最新鮮的時刻

行走在詩海的村莊

每一滴水都帶著鹽的鹹
消瘦中的夜
浸泡在銹蝕的風中
村莊　是座懷想的背影

從沙粒中拾起的心事　散落了
還在沙灘中　儘管
遇見你的那天　風很大
再遠一點的地方　是孤獨的
海已把澳角推向了遠方

夜總是在風中醒來
夢在詩中轉為一聲歎息
而行走在詩海的村莊
一曲漁歌　在把思念輕輕誦讀
沿岸梳洗的時光
帆影沉重　清風正徐

澳角的風

可以是一陣風　也可以是
一陣鹽沙
澳角飽滿的前額發著星光
興海路悄悄地向前
船帆晃動，略帶海的醉意
最後的船螺聲　讓風
有了最初的心事

風是最早的居民
在村道　漫不經心地
女人柔弱心纏繞在桅杆
霞光映照的窗臺
有些許的淚光

可以是風的遺跡　也可以是
鹽的痛苦
背靠背的海灣　是海的擁抱
澳角的夜一瘦再瘦
耳語　在路上一說再說

海浪拍打著堤岸

海浪拍打著堤岸　一次又一次
用盡前生迷路的力量
堤岸無情的影子中　有鷗鳥的歎息

從水的邊緣漫延開去　鹽的刀鋒
對著大海的傷痕　澳角
一個村莊的疼痛　喊叫你的名字

風聲蒼勁　所有的夜來得太晚
海浪拍打著堤岸　一次又一次
總拍不響一扇虛掩的門

一處暗傷在前往的途中凝思
濤聲依舊　夜以繼日
只一顆沙塵抵達昨日的渡口

假若澳角行走到海的那一頭
船帆扯起風的衣襟
一聲歎息中將掩埋多少苦澀的淚

一次又一次　海浪拍打著堤岸
拍打著　拍打著　拍打著
隔海相望的時光

鹽的刀鋒

對著一顆鹽能說些什麼
言語泛白
傷口已經寬闊

其實有更多的言語掛在風中
深埋在舌尖的刀口
痛痛地說出一個字　愛

而那薄如時光的心事
晾曬在澳角
某處未曾抵達的耳語

對著一顆鹽能說些什麼
味蕾遲鈍
身體開始柔軟

其實無須讓生活消瘦　鹽的刀鋒
早已割裂深重的海

抵達海的深處

抵達是個很痛的詞　在澳角
離岸而棲的魚
重複著一滴發咸的水

不想靠岸　時光開始發疼
身體在鹽的包圍中
滲漏了海的痕跡

很想很想　抵達你的深處
打撈的往事　水淋淋地
濕透了一地的愛情

那麼在海的腹部　沉浮不定的魚群
是穿越肉體不可或缺的魂魄
而抵達　終究是苦難的過程

澳角的側面

都說這是個詩意　在海的側面
一些閃光的魚鱗層層覆蓋了澳角
村莊　在夜裡靜了下來

如果還有聲響
想必是船舶和海浪的對話
桅杆獨立　風牽掛著去年的約定

在澳角的側面　樓層高於月亮
一堵堵私人的牆　把風擋向他鄉
留下門牌號　讓日子去了又回

一首詩可以沿著村道掉進海裡
也可以在一張漁網的糾結中
在路燈下撫摸自己的身影

是的　海有沙的挽留才有了依戀

而能想到的語詞
卻是魚群途經的痕跡

於是在某個深夜
當村莊在暗地裡靜了下來
一首詩　成了一陣風聲

在澳角的對岸

只能徒步從澳角出發
海泡在鹽水裡　船已生銹
風聲　正在冬季偷情

浪濤叫不醒沉睡的人
生活　在一夜之間閒置
村道在黑暗中通往異鄉的夢境

比如陳城　比如西鋪或者是銅陵
而在澳角的對岸
漁燈照不亮的深處　已經有人醒來
比如他　或者是她
用時光曝曬的心事逐漸堅硬

魚乾　丈量著鹽的深度
肯定有一種抵達可以讓疲憊停下
比如情人　比如淚滴　比如
對岸那些發鹹的海水

靈魂，帶著鎖鏈舞蹈

還是在東山的澳角　寫詩或者想愛
海在身上淘洗著
撕不開肉體最初的表面

沙灘和海風之間　有船
陽光碎了一地
多餘的時間是一串串腳印

船帆在風中作響　某處
有海螺靜默的神情
一條鎖鏈　深沉在海的體內

如果有來生，讓我做你的愛人

還是在東山的澳角　寫詩或者想愛
村莊埋進大海已經多年
漁網遺漏了今生　也遺漏了前生

把海抱進漁網　就把生活
抱進了浸泡中生生不息的日夜
每個時光普照的瞬間　是你

如果有來生　讓我做你的愛人
那時手掌的皺紋就能撈起
一首詩　在澳角的痛

月光曲

還是在東山的澳角　寫詩或者想愛
月光打在海面　打痛一片離鄉的魚鱗
枯萎與新鮮之間　是一線時光

啊這光線　穿透身體
在背後沉澱出海的身影
桅杆正在搖晃醉意　於是

月在深處隱藏生活的刀具
彎曲的光亮中透滿淚的光輝
澳角的漁網　就此沾染了詩的習性

澳角的舞，以及女人

午後的風　吹拂著漁網
陽光在風中煸情
澳角舊村部的五樓
有了入冬後最初的閒情逸致

那裡　流了一地的音樂
先是溢出門檻，然後沿樓道瀉下
淌向戲臺的空地
舞池用幾個玻璃窗圍成
陽光穿過透明的表情　在慢四步中
碎成海的影子
魚　就游在半生不熟的練習中

我也在練習
在記取某個轉身的動作時
我發現　樓道裡的光線
比戲臺前的空地　弱了許多

澳角，大肉山上的女人

高地。陽光被身影佔據。
我被身影佔據

背對海。把臉朝向生活。
我把目光朝向生活。

唯一的高地。在澳角是多餘的
它應當只有海。可以望穿遠方。

大肉也不應當是座山
它應當是家鄉的美食

但生活偏偏任性
像陽光，灑了一地，我趟不出浪花。

這一刻，我想要裸奔

這一刻，面對這伸向大海的康莊大道
我想要裸奔。光著腳
親自用男人有力的腳掌
叩響澳角這塊多情的土地。
是的！我要裸光身體
向那被刮掉鱗片的魚群學習泳姿
讓那湛藍的液體
進入我的每一個器官
讓我的生命就此改變生存的基因
是的！就要像澳角村道兩旁
那數不清的迎春花
不知羞恥地，在寒冷的冬夜裡
肆無忌憚地開放著。是的！
是想要極度地裸奔，一絲不掛地
奔赴下一場海葬
我要把自己埋沉在海的最深處
拒絕陽光和空氣

拒絕與身俱來的光榮或者夢想
就在那一刻
用裸露的自然回到最初的母體

哦！澳角的海
就在這平坦得和我一樣
赤裸的康莊大道周圍
它們不休不止地纏綿成一朵朵浪花
哦！是的！那是相濡以沫的承諾
當年的誓言到現在
還有鹽的質地和風的任性
哦是的！就像這兩旁廢舊的漁船
散發著海的野性，也像那些
生銹了的甲板依然堅挺著向上的力度

此刻，魚群已經早已游離成一抹霞光
我分不清這是從中午醒來的清晨
還是已經開始暖昧了的黃昏
我只想裸奔，只想在暗無天日的這一時刻

帶著一身比迎春花還要鮮豔的肉體
從水泥地面的堅實中　奔向海
奔向比我的心靈更為柔暖的祖國
是的！比我的心靈更為柔暖的祖國
我的祖國

澳角歲月

一座村莊在海裡沉浸多少年了
我的澳角啊！你可曾看到
正在遠去的二０一四年
它裹挾了我多少的歲月
帶走了我多少的艱辛和苦難

哦，我的澳角。你沒有姹紫嫣紅的春天
你沒有如煙似夢的柳影。澳角啊
你卻是在海的盡頭，為我安置了一個家

大海返哺的每一條河流裡
都有你饋贈的金銀碎片
我們的生活就此啟航
夜以繼日的打撈　可我們
就是無法打撈起生活的過往
再大的托網也無法網住
那此流年似水

匆匆再匆匆
澳角卻總是比我們年輕
新的居所，新的轎車，新的道路
二０一五年的春節，又將是澳角新的人生
就像我和你，這卸載苦難後的容顏

澳角的碼頭

去往大海的通道
需要徒步
船是抵達的工具

一條用信念鋪就的前途
在水陸的分界線
把生活區分為水深與火熱

陸地的盡頭是魚群
魚群的盡頭是家門
在往返的海風中

浪濤的高低已經和碼頭無關
去往大海的通道
就在腳下　就在澳角碼頭
那些鷗鷺的低鳴聲中

今夜，燈光和霧水一樣濕潤

燈光和霧水一樣濕潤。今夜，
寂靜是黑色的。在澳角的拐彎處
一塊巨石，先被滋潤，然後被命名
在霧氣的包養中

或有慣於失眠的鳥只啄穿夜色
那些潛伏在大海深處的人
手握羅盤，還在操縱著魚群的思想
只是這一刻，霧濃了一些

有些光亮自給自足，只照向情人
未被提及的蟲鳴和一屋子的愛情
在澳角，可以隨處打撈
甚至可以想像，一盞燈是怎樣
讓這個村莊陷於魚湯之中

夜比霧更早地潛伏下來
最初的寂靜從一顆樹芽開始
燈光也是善於隱藏身份
只在你抵達的時候
才濕濕地喊出你的名字

今夜，燈光和霧水一樣濕潤
霧水也和燈光一樣濕潤
春天的夜，在澳角開始打滑
我只能濕濕地看著你
叫著你的名字

銅陵・石鼓街

有些寂寞。在風居住的街道
隱匿其中是歲月的蹉跎
一個黃昏的掠影，驚醒了一座老宅

街面新鋪的石板，有些生硬
陳姓的庭院內，石鼓
對夜開始默誦無言的經典

陳年的朽木挽留一朵餘香
說是古風，卻在巷陌的深處
轉向嬉戲的學童

觸手可及的老牆，青瓷瓦以及
發燙的匾額，綠池門的阿姐
黃花落去，偏偏生就古老的青苔

前往的季節裡，途經你的髮梢
微雨中，一對石旗杆默然相對
屋簷的心事，是瓷剪雕裡一滴遺漏的淚痕
深處，石鼓街的轉角
蘆荻蓄養了一池的春意

或許，這紅磚碧瓦的當年不曾來過
風是這裡最早的居民
只一次撫摸，就讓時光顫抖不已

後來——致東山銅陵石鼓街的老宅

泥土本來很多，在地裡頭
後來成了屋頂

家人本來很多，在屋簷下
後來成了鄰居

鄰居本來很多，在石鼓街
後來離家出走

之後就成了閑屋
再之後就成了危房

我們來的時候
小榕樹長在了屋頂

屋頂有最初的泥土
自然就成了後來的家

風拉著海——東山風動石景區的一排木麻黃

風拉著海，把一座城池包圍
無處可逃的人湧進了街道
人海裡還是有風。你正呵氣如蘭

風拉著海，把木麻黃樹逐一醃製
我忍無可忍，把破碎的臉
轉向春天，轉向你的背影

風拉著海，盡力著各種企圖
濤聲意淫了所有的苦難
魚群就此潛伏　伺機而動

在海邊——致東山風動石景區的木棧道

剛開始的時候，海水
還在礁石縫裡徘徊
像昨天的雨滴

你說海的心事是一顆鹽粒
我說風把海折磨得太累了
之後我們從木棧道
說起一艘古船
說起玻璃，沙子，液體
和一隻在喘息的海鷗

牠是海鷗嗎
你和我
不約而同，把臉對著大海

天遺石——為東山風動石景區的一塊礁石命名

這是最後的墮落
浮出的部分刻寫了所有的罪與惡
不要用傷痕掩飾心機
犀利的眼光會剔除破敗，腐朽
和最初的堅持

無須表白你的一往情深
無須袒露你的純潔質樸
在鹽的透析之中
你將只剩下一具前生的殘骸

無須你來關照這個世間
無須你來看護這個人間
在水的柔軟之中
你終將無處打探他原始的名字

你這填海的器具，多餘的石頭

有誰會把你放在有海的魚群裡
當然或許只除了我
一個比你賤的人　才會把你捻碎
像捻碎自己的骨灰

未曾謀面的對話——致許海欽在風動石景區的一次攝影創意

木棧道過於彎曲
海風把沙粒直接拉成玻璃
玻璃的內部
一場未曾謀面的對話正在進行

陽光開始顯得猶豫
風也安靜了許多
古船的記憶顯得生硬
像桌面木質的餘音生長不出
歲月的皺紋

對面彼此的靜默
是逆光的表情，忽略了言語
也忽略了海
站起和坐下的過程。由此
生活，成了玻璃的內與外

春天有些錯亂——致西鋪鎮梧龍村的番茄

梧龍村的番茄
外表與情人無異
可是
春天有些錯亂

撥開雜亂的蔓藤，剪刀
去除那些成熟的想法
潛入溝渠的深處，會有更多的
欲望

番茄和番茄
除了嘴型，除了外表和內心
它還有不同的質地
綠葉，忽略了春天的敬意

新時器時代——致東山陳城白埕民俗館的石臼

陽光。我開始討厭的詞
一種蒼白的認知被羅列，被命名
這是東山私人的會所，免門票
免去了歷史和過程

用一個喜歡的詞，比如生命
比如做愛，新石器時代的沉重
和水一直保持著暧昧關係
這是先祖們默許的方式

接近陽光的中部，我更討厭明媚
討厭赤裸的器具被重複審視
是的，這包括隱私在內的幻想
放縱是必經之路

石器的光輝已在前方
如謁語，如燈盞，如你的手勢

更像肉體在陽光下的交媾
由此深知，沉重是長久以來的默許
陽光和星空，存在著遠親的血緣關係
在放棄的擱置中
思考來得迅猛
東山的沙質依然執著

蓑衣——致東山陳城白埕民俗館的蓑衣

蓑衣，掛在牆上
看見它，想到他
江雪，離我太遠

白埕村的正午
穿越的時刻
有一場熱烈的雪

陽光，從窗口
一方一方地傾瀉下來
砸疼一隻比我蒼老的魚

木麻黃的春天

我確定
我是被你掩埋的沙粒
而你是我遺失多年的春天
你我之間乾柴烈火
如膠似漆

那白埕的水，一開始
就比我安靜，比我多情
撩撥著，你隱蔽得很深的渴望
只一個春天，你就把我
很深很深地弄疼

時間的光線（二）——致東山白埕民俗文化館

一方方的陽光砸在這些器物上生疼
更早以前，它們生活在指紋裡
或者在意念之外
總有些說法會讓時光形成段落
以便記錄的時候，可以哼哼搖籃曲

更多的陽光並不寧靜，像嬰兒的哭聲
傳遍櫥窗，桌面以及更遠的遠方
心在疼。所有文明的體征都是虛詞
外延的內部
是器具勞累一生就此廢棄的生活

從銹蝕的眼神進入新的荒廢
可以想像一覽無餘的陽光
是怎麼樣切割了理想的證據

有序的排列，有序地展現那些沉重
智慧一閃而過像某個念頭
來不及填補時光的縫隙
便已流落他鄉

陽光含糊其辭
說不清苦難到底印烙在哪個指紋
我只看見，手一揮，時間掉了一地
明晃晃地，像條魚，跳了幾下

銅陵的夜

海離得很近，近得可以隨手撈起鹽
風很輕，漫步在銅陵的大街小巷
妙齡女子隱藏其中
只在燈光中，忽閃而過

夜是街燈的影子，靜靜地躺在那裡
任由啤酒灌溉，也不被
呼嘯而過的車輪驚擾
臨海而居，生活只在油煙中啪啪作響

如果，一定要窺探那些
把夜關閉的窗口，繞過路牌
再繞過臨街的陽臺
便可看見，東山赤裸的內心

街道的延伸處是個隱喻——致東山島的東門嶼

街道的延伸處是個隱喻，向東
一處處開滿芳香的樹
掩藏不住岩石粗獷的性格
將東方，那些不為人知的一面
赤裸地暴露在海的平面

一個人的肉體
回歸到原先的縫隙
只為遠離人間
鹽的體質
保留著岩石的血脈

通往高處的寧靜，時光無言
文峰塔的倒影需要仰視
鷗鳥低飛
東門嶼的正午
有些醉意

大海發情時的氣味——致東山縣陳城鎮澳角村

農村客運是極親切的，它不緊不慢
很正點地，在入夜之前
讓我途經了你的苦難
綠油油的苦難
以及你深埋在地底下的憂傷

土層並不很深，用手就可以
刨開和我一樣土黃土黃的寂寞
風卻很是委婉
沒在意風
掀開了她的耳根

你的村莊，連同蘆筍白菜
都在海水的包圍之內
有著大海發情時的氣味
我想，我的前生
不是烏鴉就是烏賊

我是一隻靜坐的魚

從早間七點到晚間七點
天色從明到暗
颱風遲疑，雨點稀疏
澳角的燈從村道亮起
進入房間，越來越亮，一直企圖
把夜拒之門外，直至
燈在海上燃燒

我看了一整天的連續劇
螢幕向南。我和水對不上話
像隻睜眼靜坐的魚
望向家的方向
需經過澳角的北灣
那裡的魚群終日隱藏
終日遊蕩

八月，太遙遠了

漁燈讓夜撒滿了鹽的光輝
味道偏了方向
馬達聲，讓魚群失眠
澳角的海域
混合了銅陵的街燈
燈光的引誘，比星光赤裸
比暗示直接
村道是寂靜的
老鼠的暗語，於事無補
海依舊掛在漁網之中
成噸成噸的黑暗
被替換，漁火只對波浪愛撫
說八月，太遙遠了

前世我是在澳角生活的人

允許我把你當作肥沃的土地
肥到深不可測，沃到一望無垠
我是魚群的手足
只為今生，將殘缺不全的愛
深埋在你的黎明或深夜

前世，我是在澳角生活的人
和你一樣扯起風帆
把海當作藍色的泥土。啊
這肥到發鹹的泥土
一浪又一浪地淹沒了我的今生

是的，我是魚群最初的孩子
和雨水一起被你圈養著
這屈指可數的歲月
在你盛大似水的柔情裡

是一粟，是一線光陰
啊，我的前世今生懷抱了太多的夢想
從東到西，從晨到昏
從一隻魚的眼光
我已看見了今生，你鹽粒中那抹淚水

是夢，是幻，是海浪發育的朵朵鮮花
把生命照耀成唯一的藍
唯一的莊稼
唯一的鹹，唯一的甜

你站立的地方就是一片海——致謝毓敏同學

言語已經比鵝卵石遲鈍
手勢指向，隱身的角落
你一站海就來了

是的，你站立的地方
就是一片海
沒有海風的鹹濕，鹽的苦
沒有糾纏不休的波浪
顛簸的船

海，就在你身邊，在我的眼眶裡
那盛大的藍，包容了天和地
包容了所有的過往
和你背後那些石頭的
傷痕

雪有多遠——致詩人臥夫

這封信函，從冬走到了夏
途經你的憂鬱。雪從空中
灑下一個冰冷的世間
你開著寶馬車，走過了塵世
留下一道長長的
長長的傷痕

血回歸到你的內心
依然懷揣著一生的柔情
你說冬天的故事
會在七天後的春天裡發芽
我們因此等待
像等待一次春暖花開

而你寄出的信函忘了加蓋郵戳
我們就此拒絕

像拒絕一個季節的離去
告訴我，雪有多遠
循著你的傷痕
有沒有另一場雪能夠埋葬我的眼淚

或許從雪中而來的你
早已厭煩了人間的冷暖
又或許是這冷暖不定的世間
讓你回不到你自己
請告訴我，雪
到底有多遠

時間的痕跡——記東山銅陵「金木雕」傳承人許慶石

器具向下。打擊。挖取
那些多餘的思想紛紛潰敗

正午陽光的表情一再暗示：木質的軀體
是時間深處遠道而來的神明

在銅陵的工作室
他正在把時間依次肢解
動作細膩。像他昨夜的歌喉
把街道清掃
把酒，逐次倒進生活的根部

他停了下來。雕刻得以喘息
或許有些陣痛。時間的痕跡
才能在一杯清茶裡癒合
但我不敢觸摸

最初的凡身，遠比欣賞更為聖潔
緣於對神明的敬畏
我企圖記下的瞬間還給了他的雕琢
器具還會深入原始的內部
把思想喚醒
就像他眼中的光輝
投射在我離去的背影

天鵝，蝴蝶或者蝙蝠——致曾萍瑜伽館

手把軀體打開，五月
蝴蝶的飛翔已練習多年
熟悉於南方的街巷
唯一去處，春天在體內深藏

總把詔安這個偏小的縣城
當作花朵的故鄉
北方有雨在下，有天鵝交頸的低鳴
夢總是醒了又睡，睡了又醒
和愛情糾纏不休
以至忘了身在他鄉

夜是塗抹理想的毒汁
屋簷倒掛的欲念隨時機動
各種可能裡包括蝴蝶
包括純淨得像時光一樣的長髮

比蝴蝶更亮麗的是花朵
比夜更漆黑的是蝙蝠
比愛情更潔淨的是羽毛
打開的手，放出五月
放出比柔弱更輕更細的歲月

四月十一日，漳州——致浙江女詩人沈木槿

她的笑有團子的味道
從桐鄉帶到漳州
生產日期為二〇一五年四月十一日

一桌子的話題，安置在詩歌中
只有酒，一再示意語詞的方向
直至血液加速，淹沒昨天

昨天有些林語堂的煙味，現在
混和著團子，在漳州的小巷子裡逐漸
發酵

漳州的夜，是燈光下分行的句子
字裡行間，木槿花正在
開放

致青春——致女兒曉淇及其夥伴

在笑容面前
強迫自己
想到一個遺失多年的詞

在他們去K歌之前
我留下這張合影
像那年，我混夾其中

站在他們的對面
我和青春
只是，一步之遙

筆跡——致東山書法家曾榮文

脫去漫過唐宋的長裙
我是離開時間的人
停駐在你筆跡的縱深處

挽一縷清風
拂拭你昨夜的歎息，只一盞微月
便抵達你濃重而盛大的墨色

可能是筆意的一次潛逃
連回鋒，也無法割捨
你流連世間的一瞥

那些跡象省略的部分
是指尖的流水與時光
觀照了我，殘缺而寧靜的一生

打開紙的內部——致東山畫家吳彩雲

一張紙，收容了她所有的時光
春天由此隨意地盛開在筆端
不要說，你是途經春天的人
在一滴色彩被鋪張之前，一張紙
已包裹了你的心意

假或一定要打開紙的內部
在被色彩迷惑前
我要先找到春天的出口
在被春天迷惑前
我要先找到筆尖刺疼的窗口

或者，需要把春天收藏
捲成一支待字的筆
讓春天走過
只把花
深埋在你的掌中
育一隻，我夢中的蝶

不忍把時間雕琢——網遇詩友蔣依桐

時間綁架於玉石之中
幾滴碧水不肯離去
像凝結的童年

冰涼的手指終是要越過
直抵那殘餘的體溫
或者在潤滑中沿時光的方向
將掩埋的幸福透體剔出
將牽掛垂詢為風中的散句
像清唱　或像玉吟一般悅耳

總是有某種企圖介入內部
在最為堅實的邊緣
不忍觸碰
不忍把時間雕琢
不忍將隱匿的真相
說與誰聽

晚霞——致蔣依桐於泰國

一個人，就站成了一片汪洋
往事微垂
雲彩含有北方的雪

總是會有風的
吹拂或者遲疑
都掠過季節，掠過心門

再往北一些，踏進海水
靈魂浮游，向母語
湧出一灣鹽的淚

歲月如霞，比夜來得還早了一些
往雲彩多看一眼，就會想問問
你那裡，下雪了嗎？

夜機——致蔣依桐歸來

最後的珍重，飽含多年的話語
夜色漸重。連同淚水
也有向下的企圖

回望上一個時刻，母語習習
轉身卸下的人事
裝進秘不可告的包裹，寄往
記憶深處的驛站

夜重人輕，隨夜機浮於歸途
下一個時刻，更為盛大的土地
將迎接曙光的降臨。一如你初次的抵達

夜，有著母語的方向
向北的歸途
如風，如翼

那江遲緩的春水——致蔣依桐於富春江

捨不得流走。春意輕浮
富春江綠色盈餘，溢入眼角
就算岩層高聳
石橋仍是彎下了腰

不忍這樣的重負
春天，有太多的情
只一剪紅妝
便讓人間，微波蕩漾

挽一襲山風入懷
酥軟的歲月，一聲歎息
這遲緩的春水
又豈是一處胸懷能夠收留

另一種痛——致蔣依桐於北京某醫院

這個時候的澳角
已被曝曬成魚的疼痛。北京
卻在雨水中緬懷一段他鄉的愛情
這是終身不癒的殘疾
雨水極易洞穿疼痛的內部，像陽光
一方一方地綁架寂寞
轉身。她再次轉向窗外
對窗外的雨水微笑
內心裡說，北京，適合疼痛
澳角的魚乾適合遺忘
回望體內最早的病灶，炊煙
了無蹤跡
生活就此成了，光榮的夢想

暗傷——和福州宋醉發攝影作品《暗傷》

梅花過於嫵媚。而香芹正綠
林陽寺紅顏憔悴
這種暖昧，走不出人間
一個凡夫俗子的關照

想必青春的精力
也有力不從心的時候
無論是花朵，還是
刺向天空的言語
都將在某個瞬間形成
生命的暗傷

次第而來。是白色的遺跡
那些在青春枝頭揮霍的淺薄
終究無法承載歲月的安排

於是一場生命的盛宴
在林陽寺的池塘
層層鋪瀉，層層浸染成一次
落花與流水的如膠似漆

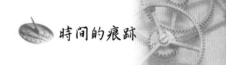

鏡臺山・鐵器——致漳州市港尾鎮石坑村「南炮臺」

從填充到發射，我們再度經歷了
半個時辰。風獵，旗正飄飄
鏽跡舔吻著歷史的器具

牆，鋼鐵，默念著一些人的名字
彈道曲折有力，抵達胸腔，這熱度
這疼痛，說與花草，或者海風

能夠窺探的，是那些血跡
鏡臺山，指向天海
弱小的窗口，把破敗隱蔽
旱煙，迷漫了山頭
只一下午，草已綠得生疼

靜湖，那面月光

傷佛是過於寂靜
月光滴在湖面
一朵花，對另一朵花，耳語
連做夢的聲音，也清晰起來

肯定是過於寂靜了
所有的歲月，黯然無語
花在今夜打開，像靜湖般羞澀
我就此沉淪於人間

月光滴在湖面
風漫不經心，從身旁走過
種在水面的影子，要很多年
才能長出你的模樣

如花般的旨意——和福州宋醉發攝影作品《畏春》

如花。五蘊皆空的香氣被抵擋於雨中
一個抵達的春天，錯過了收穫的季節
讚美是徒勞的詩句
從不帶來真心的顧憐
花自無語，神的旨意沿途開放
像熱鬧的情節
之後歸於寂靜的回眸

似花般朝向內心的奢望
肉體是空虛前暗夜的返光
拒絕了一滴雨的滋潤
也拒絕了合攏的記憶，只在
花香的深處喃喃自語
側目回望人間，哪朵花，是神的
旨意

和礁石一樣銹蝕的守望

——致宋醉發攝影作品《醒潮》

藍色的藍有古銅的光芒
耀眼。深邃
魚鱗有雲朵輕遠的白
天的荒蕪中，是風
守望成海的苦與鹹
和礁石一樣銹蝕的守望
佈滿時間的遺跡
淚比海水鹹澀，比天孤寂
誰能把堅硬如石的眼神
悄悄打磨

把夜埋起來——致宋醉發攝影作品《醒肩》

注目於焦距之中。器官豐腴
意志因此瘦弱為守望
所有提及的事物，缺乏本能
在一片鴉啼之中
夜是被埋葬的肉體
並且，真實得像一場熱烈的愛情

濾片的深處，恍若昨世
只一隻鳥只在生活的肩上醒來
今生因而被關照為一具行屍走肉
那麼翅膀輕拂的萬水千山
何處有渾圓的夢鏡
照見這背對欲望的企圖

夜因此犯下了七宗罪
無期的徒刑
正好經歷今生前世

把夜埋起來，這是人世的咒語
所有確證的名單裡，一雙手
離翅膀，只有一肩之遙

你照耀人間的眼光

——致宋醉發攝影作品《醒山》

就這樣輕撫你的歲月
像我在夜裡，撫摸你的臉龐
山綠都成那樣了
必須想起一個春天籠罩的光陰
尋找我存放的那些青春
哪裡是路的盡頭
綠是那麼的遠，滿山遍野
比我的青春，還漫長
你照耀人間的眼光
終究成為望眼欲穿的浮雲

無垠的壙野——宋醉發攝影作品《醒身》

背向我轉身。一具渾圓的意象
在暗中發育為肉體的光輝
這遲到的一天，離夜只差一眼
細節已暴露過多，此刻
飛翔的聲響，把夜置於絕境

那些低於欲望的漆黑被我拒之門外
殘更漏盞的企圖，四處碰壁
只一夜，抵達的深處便潰敗不堪
孤獨的燈火，就此照亮疼痛的旨意
夜仍然靜若神明，渾圓的意念

仍然咬住那個陽萎的語詞
如入無人之境的豐滿
覆蓋不了這無垠的曠野。誰的肉眼
能夠窺見一具彎曲的愛情
在人間，喃喃自語

被盜的青春——寫給福建農墾學校

關於你之後的去處，我從未追尋
如今的你，是一夜之間被盜的青春

我曾經走過的路，中斷了
像我從漳州帶回來的靈魂
已經沒有了完整的肉體
原諒我把你，當作故鄉
當作一九八八年的故鄉
當作一九八八年就開始註定流浪的故鄉

情景盡收眼底
我們急不可待地尋找最初的自己
卻忘了為你掩上一捧黃土
這一點也請你原諒。今天我只是故意路過
埋葬我自己和你的那一捧土
還在人世間浮游

細數從前。沿途的片段各自回收
今天我的到來，是想對你說
你不在了，我還在。而且，我遠在他鄉

千千闋歌——致謝毓敏老宅

門檻虛設的午後，雨在遲疑
你走後，青苔滋長，青案閒置

我抵達的小鎮，早已濕潤
時光羞澀，疑似你從前的模樣

再近些，便可挽住那縷餘香
填入千千闋歌

柵欄以外——致邵武和平古鎮古縣衙

變質的時光尚未褪色
表情仍然堅硬，敏銳
生怕小鎮在游離的眼光中坍塌

我已經很小心了，還是成了過客
柵欄以外，草色方正
我一身皂衣，像千年前的衙役

守護，拒絕或者隔離
這隨身的利器與朝向無關
鋥亮的銅，鎖住此刻

我是尋夢的人，在柵欄以外
和春天
有著刻骨銘心的仇恨

時間的光線（一）——致雲霄將軍山

一、

現在　時間像一柄銀針
從我的瞳孔刺進
一股憂傷的溫柔淌在我的臉上

你從時間的背後走來帶著昨夜的燈盞
燈光把你的左手照亮也把
你清秀的面容

照進一朵花的中心
那裡是曾經的公園是曾經戀愛的唇印
而一朵花或是你清秀的面容

只是光線背後那些曾經
想要隱藏而又無法窺見的自己
究竟要到哪個地方才能發現

我的臉頰逐漸有了時間的痕跡
它是比黑還要黑的白
是比白還要白的黑

我無法觸摸的心事此刻還在
公園的轉角處靜靜地
等待一朵花的盛開

而銀針早先於它的芬芳抵達我的書籍
被你閱讀的詞語
正一筆一劃地在時光中

飛逝　像你永遠未曾到達的彼岸
那座夢中的公園
一把為你擦拭如昨的空椅

或是已經不能再次重來的等候
當時光的線　遺漏了一次修補
傷口便成了永遠的唇語

歌頌的春天
在大地的盡頭開出一片片本是你我的
心花　而怒放的青春

早已經找不到最初安置的地點
像一把鑰匙更像是一柄銀針
在午夜時分

輕輕把向南的窗戶打開
一些時光悄悄進入
連同一些尚未成熟的想法

一起進入憂傷的溫柔
進入被你遺忘的
某個字某個詞或是某個句子

但我仍然在城市的周圍
把你的模樣記取
用另一個人的影子告訴自己

你就是那個在公園的轉角處
回頭與時光碰觸的人
當時　時間正在把一朵花裝飾

二、

先於芬芳的還有被時光照亮的髮絲
它是比黑還要黑的白
是比白還要白的黑

我就在這黑白不分
分不清黑白的人世間遇見了你
之後我就被蹂躪　直至

連時光一絲的柔弱都無法拒絕
就像一直從未能拒絕過你的髮香
從未拒絕過你給的憂傷

如果曾經有過的往事全都回到
這朵花的中心
我卻願意讓時光的使者

將我捆綁
將我提往心靈的教堂
我的懺悔將從一柄銀針開始

說是昨夜的風聲讓一盞燈
滅了又亮　亮了又滅
忽明忽暗的時間裡

我的詩集隱隱約約有誦讀的餘音
是誰把時間紮破
是誰把我的名字叫出

然後是時間找不到起點也找不到終點
又是誰把一朵如花的微笑
連同那要命的芳香

把我一起埋葬一起寫進一首
長詩的筆劃裡
今夜風向還是不明

風中的燈盞依舊明明滅滅
它就此被我確定為是比黑還要黑的白
而風聲是確定的　偏北

北方是否暗示著你最初的口形
或許　那座公園已經北遷

三、
我把目光迎向南來的風
那向南打開的視窗
有一絲綠　那是時間的顏色

那裡　之前是鳥的窩居
飛了　留給高處一抹尖叫
地上的弓箭鏽在了我的懷裡

之後是你的窩居
一柄銀針總是敲動風鈴
讓一些弱小的感動

漸次成為我終身不癒的殘疾
以至我無力把失效的藥片
放進時間的儲藏室

而我卻一再把時間儲藏
直至我雙腳長滿青苔
在公園的那端

用一生的記憶等待一次盛開
等待一次南風從視窗
帶來你的消息

時間終究是淹沒了時間
也淹沒了你
當你在何處的人海裡沉浮

當我在黑白不分的人間裡找尋
你只是我在人世間傳播的一條尋人啟事
或者只是個曾經的名字

再一次提及的關於你我的往事
是昨夜的風聲
和風聲中若隱若現的光陰

說是光陰如箭
它就這樣射中了我的心事
徒留一個空洞洞的瞳孔　望眼欲穿

上帝在那忘了放點糖——記漳浦「東南花都」

一、

筆鋒善變的年頭，時間不再填補心靈的缺口
當陽光高過近處的山頂
低於陽光的是花朵

沒有蜂。也沒有蝶
遮罩的玻璃擋不住光線的切割
擋不住人潮掀動的熱浪

人海和花海交織。木本和草本交織
我卻和你總是並肩
陽光下我們的身影被一再混合

一再被踐踏。但我們的心不疼不痛
這裡的植物動物和我們一起，已被圈養了多年
只是我們並不清楚

是世界改變了我們還是
我們改變了這個世界
沒有人想到，時間延長的部份

早在一柄銀針的書籍裡寫下了預言
可我卻在人海裡看不見當初的笑臉
看不見銀針劃破香蜂草的痕跡

二、

這是東南方向花草的都會
我們不再熟悉的工具，此刻被放大了多倍
朝著高山，朝著最後的處女地帶

挖下。掘下
是努力生活的狀態
除此之外我們看到一隻小鳥
飛過高空。不敢鳴叫
更不敢抵近人海的浪潮

此刻的花海沒有鳥語，只有人類的花香

我們因此沉醉在自己的勞作中
當時光長成一棵開花的樹
花朵的中央，上帝在那忘了放點糖

極盡所能的變異
我想起水稻想起小麥和棉花
它們是除外的種子，像我們的詩歌

三、

不能再去細數那些流年和曾經
當陽光被擊傷了脊樑，軟弱地躺在花草從中
我們也成了不再堅挺的種子

傳播的不再是先祖們的遺訓
那些更改了季節的生長
像倒春寒，一次次地襲擊著這片熱土

我們的確是被圈養的一代

連同海洋的生物一起，被異類圍觀
然後在有限的空間裡作永不休止的企圖

四、
唯一的筆跡在陽光的深處
做著最後的回鋒
那時，他把一位美少女寫做「萬里江山」

而江山的背後是三位體形相近的少婦
一樣長髮飄飄，一樣的豐滿逼人
此刻，是東南花都的正午

我正想為一株植物命名
而小小的葫蘆卻已被喚作「千戌兵丹」
我只能低下頭

看一叢絞股藍把心靈絞爛
看愛情之門如何把一朵黑玫瑰掩藏
最後我聽見叫賣的女子，對誰喊著

我們私奔吧！私奔吧！
剩餘的墨跡無法追溯我們的去向
就像這正午的陽光，打不痛我們的背影

五、
跌坐花海的中心
我是一條失落了鱗片的海魚
陽光和空氣

迫使我的靈魂和一隻鳥私奔
而我的軀殼則要進入座北朝南的居所
這是骨架搭建的都會

你無須開啟窗戶
建立於玻璃牆體內部的仿古
是直接抵達內傷的一柄柄，銀針

是什麼刺痛了我的心臟
簷前的燕語

何時成了你偷窺現代文明的微信
我把煙蒂掐死在黑色之中
你讓相機的燈光射穿
一段遠古的時間

低矮的牆腳下
仔細地擺放著薛濤的心事
一朵朵含苞欲放，一朵朵飽含熱淚

連同人海一起圈養的花海
也一同圈養了我們最早的居所
夢和寐都孜孜以求的文明

就這樣在上帝忘了放點糖的地方
被擺弄著，被觀賞著
我們無處安身的靈魂，只能和一隻鳥私奔

簷前燕語——記雲霄「將軍山」

一、

接近夕陽的地方
春天立在那裡
像我的孩子躺在媽媽的懷裡

而我是雨水裡
那漸漸遠去的影子
請不要驚慌

我沒有死去
我只是一時找不到回家的路
只是我的墨色。已漸蒼老

你是春分時節與我相遇的女子
這是個註定陰錯陽差的時節
唐朝的張鷟，還在去往長安的路上

那裡是一個清明的年代
我們懂得哀怨也懂得珍惜
儘管常有難行的泥濘

儘管像穀粒大的雨點再次
把我的身影濺濕
而陽光總是向溫暖靠近

二、
一柄銀針。或是一柄短笛
都要在向晚的高處歇息
此刻，樂聲悠揚

在靠近山腰的地方
我們走在通往神靈的途中
一把板胡，將一段往事拉進

落葉的憂傷中
這是初冬靠近殘陽的時刻
有風纏纏綿綿

一把大提琴依偎在風中
往事在他的手勢裡
飄飄蕩蕩，像忘記了春天

我們卻已經上路
敬仰的道路，總有數不清的臺階
也總有揚琴落不下的記憶

溶化你高高在上的寂寞

——記平和「大芹山」之一

再高一點，高一點
讓我夠得著你的唇
這樣我就可以在你的雲端
隨你流浪

當風吹滅孤寂的燈盞你的身影
早已刻上了愛的烙印
來時的路，彎彎曲曲
那是我們愛的旅途
儘管千山和萬水，大芹山啊
已把我們收留

於是，在大芹山
請把你的唇打開吧
讓我用一生的懷抱
溶化你高高在上的寂寞

在海拔 1544.8 米的高地
——記平和「大芹山」之二

在海拔 1544.8 米的高地
我們用一首詩讓山風停留
其實在這樣的高地你可以
對大山說出你的愛
也可以在某個偏僻的暗處
悄悄對我說，想我

風禁不住山的誘惑。還是走了
只留下大芹山孤獨的背影
可我想對你說的是
在這個高地，不管你走到哪裡
你都在我的視線

就算你已經忘了這裡有個我
就算你早已愛上千山萬水
我起伏的記憶
總會深入淺出
大汗淋漓地把你弄疼

大芹山的晨霧——記平和「大芹山」之三

籠罩著，小心翼翼的覆蓋
悄悄淹沒沉重的山體
把你那隱約而窒息的氣息
帶入遠處微弱的車燈

告訴那個整晚悠閒閱讀的人
沒有我在，真是個缺憾
且用冬日清晨尚未甦醒的聲音懇請
讓霧輕快地往更高的方向

也告訴她，在那昨日藍色的山頂上
悅目地，懸掛著餐盤似的月亮
而今天上午才收割的茶園裡
彌漫著香醇的白芽奇蘭

告訴她，你所用的令人鎮定的力量

以及賦予神氣的山體
此刻正從霧的深處
激起了她早餐後的戀人
異乎尋常的愛意
還有告訴她，大芹山的名峰山莊
豔麗絕倫的錦鯉，在若無其事地游蕩
這或許能讓她退卻
如果你依然不能從美夢中醒來

而霧許久許久仍然不願退卻
山堅挺著，也靜默著
我在下山的路上，點燃了一支香煙
混和在霧裡，然後對自己說
我的心中其實還有
可以供奉神明的地方

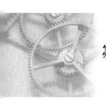

魚池最理想的位置——記平和「大芹山」之五

深山的某個高處，那些
斜面的坡度，隱秘的拐角
適合為一群魚準備終身的贍養

眼界之外
撐著雨傘的女人身後
羅漢松正婷婷玉立

手指的紋理，鐫刻著殺機
水池中的那些鮮活
多麼自由，多麼淒美，多麼安靜

魚池最理想的位置
是一場約會
你我面對面，聽著山風，說著海

我們為何頂禮膜拜

——記平和縣九峰鎮「都城隍廟」

這是神諭之路的安排
深冬時節。在紛揚的細雨之中
因為山的高，水的深
我們抵達一種傳說

在最滑的最細的雨絲中
一座小小廟宇被人間隱藏
一道破敗老舊的河表
守住了時間老去的面容
以及已近荒廢在九峰街道的痕跡
縣城之外。無邊的綠色充滿了根須
不斷地因生長而產生了時差

九峰鎮，迎著我的視線而來
我迎著那些深灰的深黑的遺跡而去

來往之間，仿佛一次訪問已經發生
仿佛一次迷失
已經只剩下手指夾住的煙蒂

這是一個上午的最後時光
巷道的轉角，去往另一個神諭之路
通往一個姓氏。
八個景區在歷史的對面和我招手

隱約看見一位農人的笑臉
王維在我的頂禮膜拜中
幫助我穿過了鬱悶已久的心事

當面對歷史的殘跡和屋簷的燈光
一場新的歷史，正在雨中堆積
混同靜默的河表
一起成為我們嶄新的靈魂
而街道還是人來人往
蜜柚的香味

正從朱姓人的手裡飄散開來

就像是在迷途的旅程中
遇見了往日的戀人
一座時光照耀下的建築所帶來的庇護
是神諭的眷顧
是頂禮膜拜的施捨

困於一次遠行的坎坷
困於一天中最熱烈和暈厥似的記憶
我們只能頂禮膜拜，向著心神
寫下一天，以及一生的愛戀
冬天的雨越來越細，越來越柔軟
並且，平和

通往未來的橋樑

——記平和崎嶺「橋上書屋」

溪澗的兩邊
南北對稱的時空
一隻蝴蝶晃晃悠悠
像我手指間的煙霧
牠飛著
抖動著灰白的光影
是輕輕的白色
還是淡淡的灰色

低處的流水
聲響並不大
蕩不起通往昨天的水花
一些不知名的植物
在三百年的水裡

滋長出了下石村童年的時光
北邊的到鳳樓，是石氏的家園
南邊中慶樓

是林氏族譜的又一個發祥地
而不相往來的足跡
卻是走過了歷史中那段
刀耕火種的歲月。蝴蝶
還在當年的天空飛著

從南到北　只需一個跨越
從北到南卻走了三百年
此刻我手指的香煙，滋滋作響
它因燃燒而疼痛嗎？

溪澗其實幾近無水可言
偏就滋養了時間
這是可以忽略不計的空間

這是可以填埋的誤會
這是可以把山竹橫跨
晾曬心情的山莊

一位智者來得太晚
為了永固
選擇了鋼筋鐵骨
為了通往未來
才選擇了這個年代

糖畫——漳州薌城街角印象

他從四川來。在薌城的新華東路
繁華的必經之路，擺下了他的技藝
一口已經帶辣的木箱，敞開著
暴露了他多年來行走江湖的暗器
一塊潔淨的木板，像醫院的產床
一隻蝴蝶，就在他的隨意裡
被一支竹籤輕輕提起

一把可以讓日本人用來切腹的長刀
尚未開刃。生活裡那些
粘滯不清的甜言蜜語
就在那粗糙的邊緣
乾脆俐落地，被分離開來

我目睹了一隻蝶的誕生
牠從鐵勺裡流出

先是翅膀的輪廓。然後是觸鬚
冷而寂靜的木板在那一刻
有了足夠的溫暖
並且在輕微的灼傷中
記取了一隻蝶曾有的初吻

磨菜刀——漳州薌城街角印象

一個古老的行當
在薌城的菜市路相機行事
人來人往中，他一臉面善
磨一把刀，二塊硬幣
刀比錢硬。錢，只好隱身

他是極為熟練的藝人
但不同於電視上
賣萌的技巧。他不苟言笑
只對你的刀認真
也從不問刀的用途。或許
他已經把天下所有的刀種磨遍了
對於所有的缺口他不再填補
磨平，是一刀見血的最好辦法

我看著他彎腰。用力

不禁想，人心的傷口
他能磨平嗎？
同時我也想到，人不是刀
人無法一刀見血
只是我們的內心，為何經常
傷痕累累

理髮——漳州薌城街角印象

他端坐在他該坐的位置上
低著頭
他圍著他轉
左邊
或者是右邊
有時就在他身後

他聽見器具咔擦咔擦的聲音
然後
看見自己身體的一部份
掉落在
發黃的白色圍裙上
他想
要是從不理髮
現在的頭髮有多長了

陽光在離他不到一米的地方
停下了
他斜著眼，看著
像看見自己
剛走進來的樣子

仙字的另一種解讀——記華安「仙字潭」

當水聲接近蔚藍
浮於青苔之上的時光
映在摩崖的胸部
那些遠古以來未曾相認的近親
銘刻著遠古水面的記憶

陽光的深處。青銅一般的苔蘚
正滋長岩石的骨質
是哪位先民漫不經心的隨筆
成了韓愈一生的迷惑

那麼在水的北面
裸露的部份，正是風聲的邊緣
一處痕跡一個傷口
歷史在水中走著
有誰的視線能穿過筆跡
穿過象形字的堅硬
把一縷風，看成冬日的暖陽

山重・李——記長泰「山重村」之一

重巒疊嶂。圍住了一個與世隔絕的
斷面。山不在高
只夠攏住一灣清淺的生活

水從山的內心深處滲出
像悠閒的時光
而歷史的血液清清淡淡
在一個梅李無法分清的季節
由一片片淺白和一朵朵微黃的香氣
吸引著比時光還要悠閒的人群

山重。水複
交錯通暢的水泥路面
陶淵明未曾走過
而當我走過的時候
我看見雪，閩南早春的雪

山重・樟——記長泰「山重村」之二

有一種生長的力量與時間抗衡
在不經意的瞬間　漫過古老的屋簷
風和雨侵襲未遂後遺留的痕跡
粗糙而且堅實

企圖把天空籠罩，一大片的陰影
隨著深根向四處掩埋
一起掩埋的還有沉睡中的村民
風弱了一些。可能是某種妥協
雨還在高空中遲疑
一些午後的陽光便趁機瀉下
路人的身上就此沾染了歷史的光輝

一些人躲進陰影
在枝繁葉茂的間隙，去存留自己
曾經的痕跡
卻無法環抱自己的身影

山重・臺——記長泰「山重村」之三

去往自然的閨閣
黃花
是唯一的指引
當午後的陽光微弱
正好把手輕探

城池隱在宋朝南方的角落
隨處安置的遺跡
讓人輕信自己的影子
在前世
和某個佳人有關
再近一點
便可聞到
那梳妝後的微香

新圩古渡口——致老皮畫作《新圩古渡口》

一、
必須有這樣的保留
讓我們看到過去，看到
水中承載的生活

船的逆流，托帶著時光的身影
順水的人情與世故
正好與一抹斜陽，擦肩而過

二、
這是俯瞰才能目睹的真實
屋簷發舊，只收取燕語幾聲
破敗中的牆體，如水淌過

不忍說出的秘密，層層覆蓋
就連雨水，也要歸附那一灣清淺
村落的對面，就是渡口

三、
遠行或者歸來，都是水的緣故
山的那邊無須涉足
一艘船，就足以讓漣漪漫過額頭

岸與屋簷的距離，只一根桅杆
若問無人的渡口怎樣驚飛那群沙鷗
回望中，山水一色

四、
帆影驚擾了一水的寧靜
桃花總是被春風吹落
新圩的渡口，一早就從櫓聲甦醒

在和屋簷一樣陳舊的水中
山還是那山，水
卻總是被槳層層劃破

五、
回歸的內心需要安放

向南的窗戶多次出現在夢中
打開，關上，再打開，然後是手

路和船的模樣需要分辨
從青苔到雨水，一生
途經了歲月的階梯

六、
與山比高的屋簷，燕子悄然掠過
歷史在新圩再次發舊
像一灣流水，分不清年月

鎮壓生活的磚頭依次排列
風聲中總帶有水的歎息
總帶有，陽光與時光的痕跡

天吻

看見你，或想到你，天地就有了路程
距此三生三世。天有陰晴，地有圓缺
我如何在漫長的時間裡，從中截取
像把你攔腰環抱。俯身，就一個世紀

急於表白的時辰裡，烏鴉的落翅佈滿我的傷痛
晨曦與夜幕掩蓋的事實一起發黑
肉體需要就此關閉，和徒留的情種一起腐爛
雙乳之間，有過不去的溝坎。唇語深陷其中

仰望或者回首，需要切斷光線
把另一隻手放置在掌背，永恆就此成形
只在夜間撫摸，並用眼神暗示
從此，我只差一個詞，就可以抵達天堂

地吻

我把自己埋葬在你的舌下
地的盛大
足以容納我的短見。原諒我
再次想起你
夜的黑，我無須仰望人間
烏鴉和一口井，收留了我

可能的去處，要掘地千尺
才能讓骨殖染上夜的顏色
並讓鴉翅，落地無聲
你這寬容的世間，血肉縱橫
智慧縱橫，性欲縱橫
我只在一個夜裡窺見另一隻鳥
把我的傷痕，悄悄擦拭

這是去往你的途中。你閉口不談的愛情

正在發炎，像一口井，漫過了眼眶
地底中身份未明的耳語，念叨起我的名字
說是那夜，我把自己埋葬在你的舌下
所有的欲望就此打結
像你吐出的一粒種子，只在地獄發芽

突圍

澳角被海圈養著
風聲無力嘶喊
船被海水浸泡，桅杆低垂
像老家蔫了的鹹菜

企圖是徒勞的，眼神之外的村莊
已經沉迷於夜的黑
暗中有些曖昧蠢蠢欲動
遠方在應和，從苦痛或者快感中
可以看見隨心所欲的衝動

而夜是黑的
有著澳角烏鴉般的性欲
我是在三更半夜
勃起的另一隻鳥，只向暗處
啼叫

肉體

無非是體形。盛裝的內部
肉體充盈。愛情
是具優雅的肉體，前凸後翹，或者
英俊挺拔

道具的包圍，在夜裡空出一個洞
洞內燭火通明，感情正在發育
我還是在烏鴉的鳴叫中，發現
親情是個房間，比天大地廣比海深
比烏鴉的羽毛溫暖

你就是這房間的空氣
我在裡面窒息
然後想起一雙手，一雙痛苦的手
在把夜幕撕破，把肉體鑿開

除此之外的鴉鳴，一把火
洞穿了生命。你在遠處
卸掉了所有的偽裝，像具木乃伊
僵硬而生動，更像我曾經進入的器具
在深處發抖

有一種光亮叫灼痛

大汗淋漓之後，我常想起
烏鴉的寂寞和它黑得灼痛的光亮
它潛伏，並且神經質
只在黑色的誘惑中，彎曲
像勾引的手指，探索情欲的出口

我不得不關閉肉體，把寂寞也關閉
在房間裡餵養一隻烏鴉的眼神
夜深得放蕩不羈，輕輕一動
就會有人醒來，重複昨夜的深度

於是我懷抱一隻烏鴉獨眠
放棄夢，放棄夜的漫長，放棄
灼痛後的快感

時間：白色的屍布

——致逝去的一九七一年

只是裹著白布的時間
直接拼湊成千年
可惜屍體已經潛伏
空出了那些的慘澹的時光
在夜裡引誘早醒的烏鴉

只是裹著白布的時間
都是神的前生
那一縷世間的餘煙
是哪個先於時間的頹廢

在白色的純潔之中
這些腐爛的時間被無知豢養
被未來包庇

在三更半夜說出了一個忌諱的謚號
一具具生命就在這安逸裡
開始了最初的死亡

純潔混和著身上鮮血的臭味
鴉群開始撕扯。或許包括靈魂在內
一雙手提起往事，丟下
提起，丟下，再提起
另一個時間的代詞隱藏在眼角
發著同樣慘澹的光，最終放手
也不過是一具殘缺的肉體

時間：隱匿的代詞

暗中扣留了一個詞
寫給自己的詩就此殘缺
無路可逃的時間
停止了眺望

另一個時間在暗中蠢蠢欲動
雙手攥得再緊
仍然需要低下頭，睜大眼睛
恍如隔世的智慧，參不透
一個代詞的指示

時間的長度不足以體驗內心的脆弱
就著一絲光線
急於將世道看清
時光給了這世道無數的風景
卻有人用它來尋找光陰

隱匿其中的意願繼續猥瑣著，自虐著
卻仍然拒絕使用主語，以致
一場命運被誤讀，被轉賣
被當作無中生有的替代關係

無須起承轉合無須欲蓋彌彰
無須陰晴或者圓缺，時間
已經無路可逃
一雙手覆蓋下的愛撫
也已經殘缺不全

時間：缺失的主語

直接從另一個詞出發了
免掉了主見，免掉了爭執
當跨過的生命
靜下心來，直接靜到免掉了呼吸
血在體內還是周而復始

只是屍體開始腐爛
臭氣沒有沖天，低徊的鳥隻
那種鳴叫，讓人回想起
童年之前的某個時辰

需要一種安靜才能將自身放回原處
拒絕的時候陽光依舊
只是頭顱不再高昂
那麼多沒來得及細數的時間
在一個主語誕生之前已消耗殆盡

直接從另一個詞出發
這樣可以免掉一些交待
免掉一些
原本不能免掉的詞性，或者意義

時間：殘缺的肉體

時間的漏洞裡燈火通明
空氣還原了最初的真相
是一把火把肉體烤熟

胃炎在夜裡發作
分不清是饑還是餓
沒有主語的詩稿躺在紙上殘喘
筆尖刺不醒沉睡千年的美夢
那麼在散發著臭汗味的現場
一隻烏鴉，也等待了千年

不用再嘆惜那些揮霍了的青春
時光，仍然明晃晃地照在頭頂上
也不用追究找不著身影的他鄉
如何成了一處敗筆
夢還未醒，時間

在下一刻就是考古者手中的白骨
其實夢是多餘的。殘缺的是肉體
和烏鴉一樣黑的不只是烏鴉，還有
胃部裡饑餓的思想

時間：肉體的空隙

這一時間的段落停在卷軸之中
灰暗而透著昨日的餘暉，頌歌悠揚
死亡的氣味從黑暗深處漫開
心在刀具的邊緣無處躲避，無知地跳動
就算是一隻鳥用同樣的黑色
也能聆聽到屋頂上紅色的血還在滴

時間無動於衷
比愚昧更愚昧的想法，是繼續
請繼續，要，還要！

事實已經查明
夜半的歌聲更加動聽
在黑暗與光明之間有一些想像更加真實
無須在某個夾縫或者空隙中狡辯
真正的勇敢者

是一群失貞後的烏鴉
它們不被夜色和黎明所誘惑
所有的饑餓，指向神壇

佔有一具肉體不如佔有一點時間
無處可逃的時間
只能臨摹一次筆與墨的交媾
肉體就此具備了幻想的可能
一次隨筆就能把空隙撕開
然後填進年月日，時分秒以及
另一個可能的假象

被陽光綁架的時間——九陰真經．卷一

經書的第五頁晾曬在昨夜星下
第一重本事
只剩軀殼和一顆晃動的牙
下頁是翻不過去的山脈
鳥隻在頭頂呼嘯，風在盤旋
誰的肉體
在一夜之間揮霍掉所有的動詞
被陽光綁架的時間
空空蕩蕩
像一個蕩婦
昨夜，經書已洩露天機

鳥是隻斷翅的夢——九陰真經・卷二

我未聽從警告，執意要進入第二種可能
這更像詩歌的偏執，和語詞的傲慢
她轉過身去
也不理會我的堅硬，只是低噥著
鳥是隻斷翅的夢
夢是抵達不到遠方的
成串成串的信仰怎能在星光中曝曬？
可能
現在我需要一大片一大片的時光
才能靜坐在自己的影子裡

星光的廢墟——九陰真經・卷三

那些飄渺的語言正在降臨
天籟潛伏
星光認真地勾引我走向你
腳印，沼澤，理想
冷卻的岩漿，飄渺的性欲
桎梏中正在發芽的雪
顫抖了一下，就到了春天
而春天正在從四季潰敗
顯然
逃不到一朵花糜爛的正午，也逃不到
廢墟般的人間

分不清左右的一雙手——九陰真經・卷四

伸展，像正義一樣高過頭頂
一邊是為乳房而造的手掌，一邊是
為手掌而造的乳房
鴉雀無聲
詞典在夢境中心靜默。夜的黑
有著陽光的背叛
手是沉淪中的乳房
而誰的手，翻到經書的下一頁
繼爾聽到
一隻烏鴉的呻吟

嬰兒的梯子——九陰真經・卷五

上升的高度未受到節制
拒絕閱讀和拒絕性愛
在語詞的間隙處
痛並快樂樂著
就像一場更年期的節育手術

事物需要狂歡，以迎合高潮的來臨
烏鴉在井中投下的石子
無影無蹤。這需要更深的探索
而梯子還在上升，接近神的燈火

回歸當下的按語
真經的發育還處於童年
夜很深，和私處一起發黑
需要一雙手的引導
才能觸摸到嬰兒柔弱的夢境

修煉所需的清單——九陰真經・卷六

子夜時分
適合遺忘
更適合進入暗處
適合
將肉體洞開，迎納
堅硬的器具
去搗毀
夢想的虛無

九陰真經的扉頁
羅列了這樣的
物件
食欲三餐
性欲一周
遮羞布若干

打通任督二脈——九陰真經・卷七

一些謊言接近真理
真理也接近謊言
手指嚮往黑暗
那裡有星光燦爛的
正午

烏鴉低旋
比夜更黑
寂靜
像個處女
躺在夢境之中

如果有一雙手
打通任督二脈
文字會更加虛偽
像張無忌
那本不知去向的經書

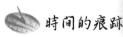

等待一顆星的墜落——九陰真經・卷八

孤獨的不僅是第一百零一頁
那些失貞後的烏鴉
已經習慣肉體和黑夜
所以周伯通開始練習手的互搏
練習左方右圓，練習遺忘

第八層的功力可以摧毀意志和性欲
可以在不為人知的靜默中
把烏鴉的唇語
當作一顆星墜向走火入魔的
慧眼

著火的灰燼和一些病句

——九陰真經・卷九

接近火的高度
嬰兒的血
有著火一樣的純粹
接近神
就是接近水深火熱的愛情

缺失翅膀的鳥隻
煽動
另一隻野獸私奔

所有的罪名
在九陰真經的最後一夜
這是最後的本事
降龍或者伏虎

0

十八掌過後
乳房低垂，陰氣過重
著火的灰燼和一些病句
在肉體深處
發炎

最後的章節是疲軟的
性器
山脈的空洞裡
嬌喘吁吁
香汗淋漓
一場生命的練習
如入
無人之境

涅槃經・第十九卷

智慧和死亡一般漆黑，有如
烏鴉這般器物，飛越千山萬水
不進凡間，不與人語
於寂靜中辨別去向與歸途

情欲振翅盤旋
審視人間的歡愛
時日不休不止，如水似風
鴉翅穿梭其中

萬世昏暗，有一種痛無從釋緩
捨棄前生那些個
唇齒相依相濡以沫的
綿綿情話

而這寧靜的虛無，虛無的時刻
喋喋不休的謊言原形畢露
鴉翅寬廣的覆蓋，就像你
浩瀚無邊的人生

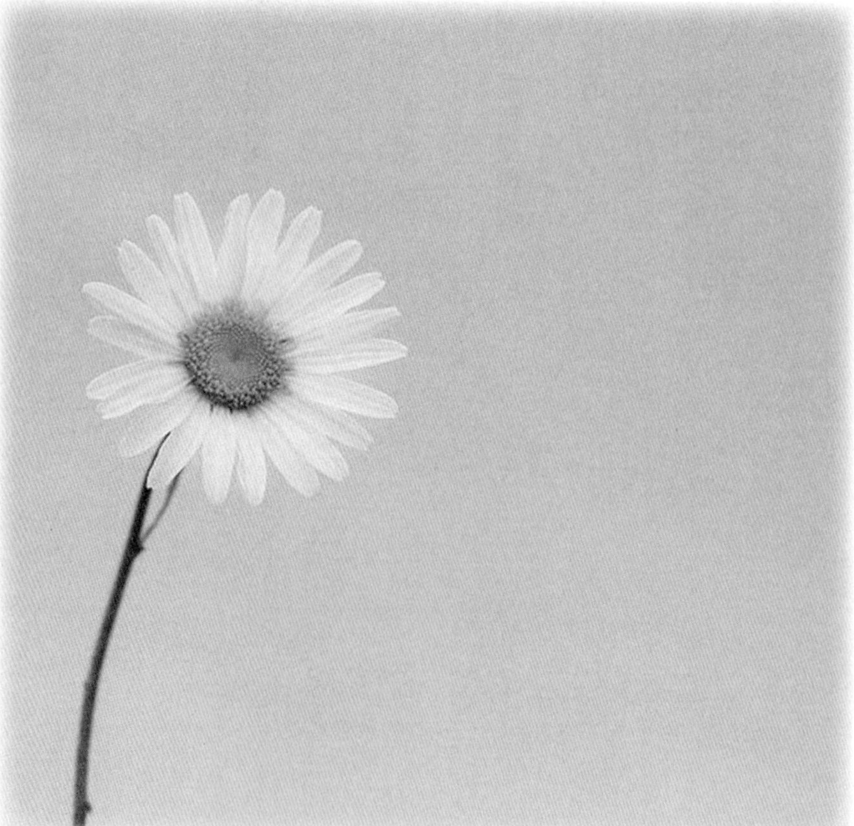

果子在神的掌中

挑開眼皮，眼光剔透出靈魂的影子
去往四季的途中，菩提無語
只一片葉子，擋住前路
或在種子的門檻，聽到春的囈語
如夢鮮活。果子在神的掌中
開出一望無際的欲念
說某人的心事，是那一望無際的時光

或是迷濛的人間。如霧
如菩提的語言
從午夜醒來的晨曦，發表了宣言：
醒來的眼睛，是前往神界的火炬
只照耀，夢中相遇的人

故鄉——致安琪鋼筆畫「塗鴉系列」之一

這樣接近種子的詞，一下子提起
就像伸手，花或者風箏
又或者是蒲公英
總有陰謀密不可言，暗暗企圖

暗地裡，情懷激蕩
大地廣袤的胎盤孕育了歸途
我弱不禁風孬種的樣子
一坯土，就足以掩埋

仍然有紙張翻動的聲響
拒絕睡眠，拒絕進入夢境
種子一旦入土為安
故鄉就成了我的情人

「那麼倔強的想法，肯定會誤入岐途」

南風向南，北風向北
想法比一陣風還輕，比一扇窗多情
塵埃落定，陽光打疼了淚水

安琪鋼筆畫「塗鴉系列」

敘事——致安琪鋼筆畫「塗鴉系列」之二

從三葉草的根部，一直到昨天
烏鴉從夜裡帶出了墨汁
我還在喋喋不休
紙已經夠白了，你說

停止言語，停止思想
逐漸盛大的風聲拂過紙頁
葉片的背後，是偽裝的歷史
佝僂般，走向明天

接近十月，草還是三葉
所有敘事的齧齒開始搖晃
星和烏鴉再次成為議論的焦點
風聲吹亂了頁碼，從頭說起

你是第一個奔赴現場的人

鴉翅已飛滿天空
一直到昨天，仍等不來煙雨
紙已濕潤，像你的掌心

安琪鋼筆畫「塗鴉系列」

比喻——致安琪鋼筆畫「塗鴉系列」之三

事物的表面總比命名粗糙
比喻，拖泥帶水
一抹眼光就足以照亮前生
空隙，正在被時間填補

要我說，這盛世忽略了事物的本真
魚的眼睛背叛了鹽的光輝
太陽尚未重新命名
再過萬年，愛情就是一顆腎的結石

或者，可以看一齣皮影戲
從葉片的中心分辨出春天的樣子
再把我的敘事，判定為炎症
我的命名，不再是事物，不再是幻覺

那是廢棄的人間，黑白分明

只剩安靜的角度用於緬懷
用於追溯千山萬水和辛勤的勞作
像你，對著一張白紙的孤獨

安琪鋼筆畫「塗鴉系列」

靜像

比光線更低的瞳孔，在冥想中
一顆心接近於孤獨，接近於
幻象深處的可能

此刻燈盞燃燒了最後的溫暖
我把眼睜開，在一個寂靜中
再次提起心中懷揣的往事

陽光先於黑暗抵達這個角落
試圖開啟的唇語在心房迴響
胸腔一陣共鳴，花瓣無息地凋落

於是春天再次回到一雙手的倒影中
豐滿的肌膚，包裹了雨水的一生
我在泥濘中嘗遍了她的萬種風情

燈盞已不再滿懷深情
光的種子早已滲透了可能的靜像
一顆果實有著她寬容的內心

內心的深處是不可預知的溫度
當春天從指間滑落
誰的情懷，可以再次寂靜

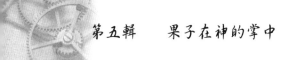

缺失的部份

靜像的唇語漸失，果實半生不熟
懸而未決的動詞蠢蠢欲動
有誰能聽到春風的竊竊私語

一個表情隱藏的時辰
光線透不過氣來，恍惚地
像是暴露無遺的某個陰謀

企圖是徒勞的。缺失的部份
是上帝收留的果殼
光與影之間從未發生過暗戀

但有一種可能，存在軀體的內部
對於未曾發生的事物
只能滿懷虔誠

意願

在死的過程充滿想像
翻閱所有的書籍
看不到類似的可能

假象隱匿其中
真理顯得力不從心，任何堅強
都無法承受這樣的重量

缺失的不止是枝繁葉茂
還有母性的意願
以及從此而去的未來

再次打開，暗中的甜言蜜語
仿佛途經的諾言
正在細細道來

倒影

這灰色的片面
彈指之間浮出的印跡
爻卦顯露了最初的本意

當一隻手伸出
時間的背影從容不迫
依偎一顆心的蒼涼

流年似水，此刻被輕輕按住
指間的春天仍然滴漏
心啊，閃動著腥紅的淚光

那麼，是誰的軀體遺失了愛情
這灰色的片面，痕跡杳無音訊
而倒影，正漸漸清晰

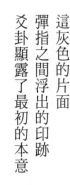

把燈光命名為夜

離開焦距，口語掉了一地
我向窗外放出一隻鳥，然後
把燈光命名為夜

為此，燈光的赤裸
比鳥更為高遠
一個人的夜，渾圓如夢

意象局

關上書。時間分為內與外
內部是風或者是夢幻

外面的雪或是雨
下著

下著。下著。時間被擊穿
可以看到，星光曖昧的眼神

這是個謎局，上帝的安排
肯定是

時間只有一個破洞，躺在那裡
像具僵屍，也像一塊糖

我撣了撣袖口
起身

後記

此詩集，得以經博客思出版社出版
與臺灣乃至更為廣泛的讀者見面
是我一生的榮幸

感謝盧瑞琴社長！
感謝博客思出版社！
感謝為此詩集的出版而努力的所有人員！

感謝漢字在共同的時間裡
成為彼此交流的工具
感謝時間包容了空間上的差異
並促生了閱讀的可能

這是很詩意的過程
我們彼此擁有這樣詩意的過程
我們還應當感謝生命的過程中，我們
彼此存在

國家圖書館出版品預行編目資料

時間的痕跡 / 林仕榮作. -- 初版. -- 臺北市：
博客思, 2015.11
面；　公分. -- (當代詩大系；12)
ISBN 978-986-5789-81-7(平裝)

851.487　　　　　　　　104021887

當代詩大系12

時間的痕跡

作　　者：林仕榮
執行編輯：沈彥伶
美術設計：沈彥伶
封面設計：林育雯
出 版 者：博客思出版事業網
發　　行：博客思出版事業網
地　　址：台北市中正區重慶南路1段121號8樓之14
電　　話：(02)2331-1675或(02)2331-1691
傳　　真：(02)2382-6225
E—MAIL：books5w@gmail.com或books5w@yahoo.com.tw
網路書店：http://www.bookstv.com.tw 、華文網路書店、三民書局
http://store.pchome.com.tw/yesbooks/
總 經 銷：成信文化事業股份有限公司
劃撥戶名：蘭臺出版社　帳號：18995335
網路書店：博客來網路書店 http://www.books.com.tw
香港代理：香港聯合零售有限公司
地　　址：香港新界大蒲汀麗路36號中華商務印刷大樓
C&C Building, 36,Ting, Lai, Road, Tai,Po, New,Territories
電　　話：(852)2150-2100　傳真：(852)2356-0735
總 經 銷：廈門外圖集團有限公司
地　　址：廈門市湖裡區悅華路8號4樓
電　　話：86-592-2230177　傳 真：86-592-5365089
出版日期：2015年11月 初版
定　　價：新臺幣280元整（平裝）
ISBN：978-986-5789-81-7

當代詩大系

作者：榆淵
定價：350元

作者：盧明白
定價：320元

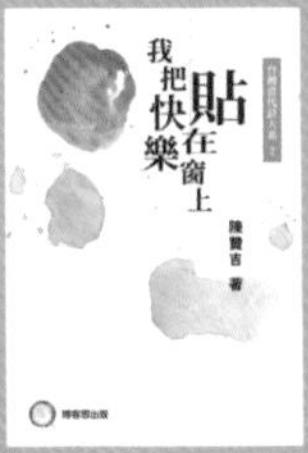

作者：陳贊吉
定價：250元

作者：陳贊吉
定價：250元

作者：汪洪生
定價：350元

作者：李曼聿
定價：280元

作者：李風
定價：280元

作者：汪洪生
定價：280元

作者：麻吉
定價：280元

作者：汪洪生
定價：280元

福建詩人林仕榮的詩集《時間的痕跡》，或可做爲瞭解大陸現代詩歌寫作狀況的途徑之一。該詩集精選了作者2013年至2015年間創作的170首短詩，共分5輯。每輯的寫作風格各具特色，這是在詩集出版中少有的現象，由此也說明了作者寫作的多面性與技巧的成熟性。

詩人林仕榮在自序中說：「這些都是我個人的認知記錄，所有的過程，都是時間的痕跡。」詩集中會有一部分的詩歌存在閱讀障礙，對此，林仕榮說：「就是要讓閱讀的速度慢下來。」不要急著去活，也不要急著去死，生命的過程就是時間的痕跡，詩人邀請讀者自己品嚐。

ISBN 978-986-5789-81-7
00280
9 789865 789817
當代詩大系　定價：280元
博客思出版社